ぷらっぷらある記

銀 色 夏 生

幻冬舎文庫

ぷらっぷらある記

ぷらっぷらある記
目次

鎌倉ぷらっぷら

今は2014年、春。

東海道ウォークからまる1年たった。あれ以来、またすっかり出不精に戻った私。5月に熊野古道に行くことにしたので、その前に段階的に足慣らしをすることにした。

まずは4月7日の月曜日、春の鎌倉ハイキング。鎌倉のお寺巡りは何回かしたことはあるけどハイキングは初めて。桜の咲く山を歩くのは気持ちよさそう。

4月7日。

9時に北鎌倉駅に集合。メンバーはなじみの編集者、東海道メンバー。いつもの菊地さん、大みそかは刺身一人盛りで楽しむちゃきちゃき石垣さん、顔が馬のようでのんびりとした雰囲気がとてもいい有馬くん。

ぷら～っぷら生きていきたいんです、という石垣さんの言葉に胸を打たれ、「ぷらっぷらクラブ」というのを心で結成した私。この世の中を、人生を、ぷらっぷら探検する「ぷらっぷらクラブ」。のんびりとした平和な感じの人たちの。

ぷらっぷら生きるように歩く。ぷらっぷら歩くように生きる。

いいですね。

私は数年前の尾瀬以来、押し入れにしまいっぱなしのダナーの登山靴をついに使う。なかなか使う機会がなかったのでよかった。

天気はよく、雲ひとつない快晴。さわやか。すこし肌寒いけど、歩くうちにあたたかくなればいいなあと思う。

私は昨夜、また緊張でよく眠れなかった。どこかへ行く前の夜は興奮してしまうみたいで。下りたホームで菊地さんに会ったので一緒に歩いていたら、外の道に石垣さんと有馬くんが並んで談笑しているのが見えた。このふたり、東海道の時から似たような服を着込んでて遠目で見るとまるで仲のいいカップルに見える。「カップル……」とつぶやきながら近づく。

まず、建長寺から「天園ハイキングコース」へ。約6キロ。建長寺の奥の石段を上る。けっこうきつい。足が痛くなる。

ひーひー言いながら頑張って上ったら、てっぺんの「半僧坊」に着いた。天狗《てんぐ》の像がたくさんある。

そして、顔をあげると遠くに富士山が！　水色の空の底に、白い雪をかぶって。きれいで気持ちいい。

しばらく眺めてからハイキングコースを進む。このあたりから山の中へ……。思ったよりも苦しい。でも、展望台から見下ろすと山のあちこちの桜や新緑が美しい。桜も白からピンク、さまざまな色合いで。海も見える。苦しい苦しいと思いながら登り、やっぱり苦しいのは嫌だ、楽しくないと思う。

登りながら、最近また映画熱が復活して映画を見たくなったことを話した。みんなで最近見た映画の話をしていたらすっかり夢中になり、ハッと気づくと全然苦しくない。

そうか～と思った。気持ちなんだな。黙って苦しい苦しいと思いながら登っている時は楽しくなかった。でも楽しいことを夢中になって話していたら、苦しかった山登りを苦しく感じなかった。ぜんぜん。

ホント人生と一緒、と思う。苦しい時でも楽しく語り合える人がいたら苦しさを感じなくてすむ。かえって楽しいくらいだと思う。

だから人が大事なんだ。友だちでも恋人でも家族でも、話してて楽しい人の存在が。

10時半に、大平山山頂に着いた。標高159メートルで、鎌倉アルプスの最高峰とのこと。

景色はそれほどよくない。

　見ると、この広い岩の斜面で楽しそうにお弁当を食べているグループがいた。のどかな景色だなあと思っていたら、「キャアーッ」という空をつんざく悲鳴が！　なんとさっきから低く旋回していたトンビがバウムクーヘンを狙って（あとでそういってた）襲いかかってきたらしい。あやうく取られそうになったけど、トンビ、失敗する。カラスにパンを取られた男の子の話を思い出す。取られそうになった女性がどんなに怖かったかを声高《こわだか》に語っていた。

　そこからすこしずつ下って、11時半に瑞泉寺《ずいせんじ》に到着した。このお寺には30年ぐらい前に来たことがある。

　入ると、真っ赤なしゃくなげが緑に映えている。驚くような赤だった。うすむらさき色の花大根も咲き誇る。きれい。

　静かで、清浄な空気がみちていて、すがすがしい。天国、極楽、天の庭……と思う。

　ピューッと風が吹くと花びらがチラチラ散る桜吹雪の小道を歩いて、引き続き「衣張山《きぬはりやま》ハイキングコース」へと向かう。水路わきの路地を歩く。うららか。

　たけのこご飯とおそばのお店があり、メニューをじっと見る。ちょっとおいしそう……。「まだ早いからもうちょっとあとにしよう」「お昼はなにがいい？」「おそばが食べたい。山かけそばかとろろそば」「カレーもいいけど」「ピザは嫌だ」「うどん」「ラーメンは?」「違う気持ち」「うなぎのおいしいお店があるよ」「スパゲティは?」「うーん」

などと夢いっぱいに語り合う。

竹のお寺、報国寺に行く途中、小学校があった。入学式だったみたいで子どもたちがにぎやかに通り過ぎる。有馬くんが子どもたち眺めて「いいなあ~、こんなとこ」とつぶやいた。

衣張山ハイキングコース。5キロ。気軽なコースかと思ったら、意外ときつくてびっくり。予想外の苦しさだった。お腹《なか》もぺこぺこで力が出ない。言葉も出ない。でも展望台からの眺めはよかった。海が見えて。

桜のきれいなスポットも発見した。でも空腹でお腹がグーグー鳴るピークも過ぎて、お腹も鳴らない。道もよくわからない。

2時ごろやっと町に出て、エネルギーが切れてくたくたの私たちは通りがかったきしめん屋さん「百苑《ももぞの》」に飛び込み、全員、今が旬のたけのこきしめんを注文する。たけのことふき入り。

出て来る時間差ももどかしいほどの空腹。私がいちばん奥にいたのでいちばん最後だった。私のが出てくるまで、みんなスローモーションで動いてくれて（お箸を袋から出したり胡椒《こしょう》をふりかけたり）、私のが来たら安心してガツガツ食べ始めた。

お昼のあと、元気だったら鎌倉の大仏や由比ヶ浜まで行こうねと言ってたのに、だれひとりそう言い出す人はいなく、そのまま鎌倉駅から帰る。

帰りの電車の中では疲れて熟睡。

1年ぶりの足慣らしにいい運動になった。

ぷらっぷらのつもりが、くったくただったけど。

東海道ぷらっぷら

鎌倉歩きから9日後の今日は、2014年4月16日水曜日です。

今日は1日ヒマだという娘のカポちゃん（カーカ、21歳）とどこか遊びに行こうと話して最終的に私が提案したのが、東海道五十三次で歩いてなかったところで評判のいい富士市から興津《おきつ》までのルートを歩く、というもの。約20キロ。

「いいよ〜」と言うのでGO！　カポちゃんとトコトコ行こう。


6時半起床。7時20分出発。

カポちゃんに私のダナーの靴を貸してあげた。痛くならなければいいけど。もしどこかが足に当たって痛くなったら私の靴と取り替えっこしてあげよう。

ダナーの靴

8時4分発の新幹線に乗って、富士市へ。

が、最初から失敗。チケットを自販機で買ったのだけど、指定席の禁煙席が満席だったのでぼんやりと喫煙席を買ったら、ケムリもくもくのすごい車両だった。喫煙車って、そうか、たばこ吸う人が集まってるんだね。なので、グリーン車が空いてたのでそっちの席を改めて車内で購入する。

お弁当を食べて（私は柿の葉寿司、カポちゃんは鶏のなんとか）、三島で東海道線に乗り換えて30分ほどで富士市に到着。

9時30分、富士駅から出発。駅を出るとすぐ目の前にドーンと富士山。でも春がすみでうす水色。ぼんやりとしか見えない。とはいえ商店街の向こうに大きく見える構図が新鮮。写真を撮る。

道端に咲くたんぽぽやポピーを眺めながらぶらぶら歩き、50分ほどで富士川へ。富士川橋の上からも富士山がよく見える。かすんだ富士山が。これもパチリ。

橋から川の流れをのぞき込んだ。

「魚、いないかな……」

じっと見ていたら、魚の群れが薄く見えてきた。

「いたいた！」

富士川橋の上からみえた

富士山

山頂の白い雪が

くらげのように見えた

たくさんいる。ふたりでしばらく見入る。

しばらく歩いていたらカポちゃんが「いい匂い」と言う。食べ物に異様に熱心なカポちゃん。パンの焼ける匂いだ。普通の家から流れてくる。小さな立て看板があって、11時半にパンが焼けます、と書いてある。匂いにつられてその小さなお家に入ると、自宅を利用したパン屋さんだった。今朝焼いたというくるみパンとさくらクッキー2枚を買う。

食べながら歩く。

「元気がでるね。こういうのがだいご味だと思うよ。旅の」と言ったら、

「そう思うよ」とカポちゃんモグモグ。

しばらくまたいろいろ話しながら歩き、12時ごろ蒲原《かんばら》宿に着いた。

ここには名物の「イルカすまし」というものがあり、ところどころに看板が出ている。いったいどういうものだろう。いるかの何かで、ガムみたいだとか。

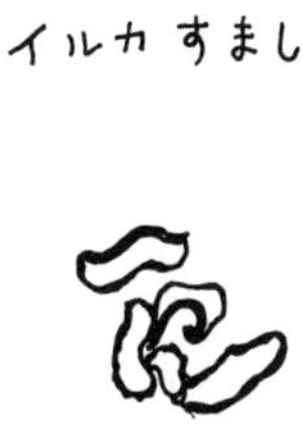

小さなお店に入ってみた。そこに置いてあった観光マップをもらって、「イルカすましってなんですか?」と聞いたら、冷蔵庫からビニール袋を出して、白くてまわりが黒い薄いものを1個ずつくれた。食べてみるととてもクセのある妙な味だったけど、お礼を言って出る。イルカのヒレを薄く切って塩ゆでしたものらしい。あわてて口直しにリュックのお茶を飲む。

道端の花や民家の軒先の花がきれいだった。特に印象的だったのは鮮やかなオレンジ色の花(芋虫のようだった)と菜の花の鉢植え。

有形文化財の旧五十嵐歯科医院を見学する。外観は洋風で中は和風。中でお茶が飲めるそう。中庭を眺める和室。人もいなくて静かだ。

どうする? としばらく迷う。どっちでもいいとカポ。時間は12時半でお腹もすいてたけど、疲れたし、飲んでいくことにする。

さくら茶、300円を頼む。湯呑み茶碗の蓋をとったら、薄桃色の桜がふわりと広がっていてきれい。味は塩味のお湯。300円と書いてあったけど桜の花の時季がすぎたから200円でいいですといってくださり恐縮する。2歳ぐらいの女の子が奥から出てきたので手を振る。ゆっくりと振りかえしてくれた。

「かわいいね」と言い合う。

歩いている時、出会った人、ちょっと話した人、道を聞いた人だれもがやさしいとカポちゃんが感激していた。

またひたすら歩いて2時に、やっと由比《ゆい》宿に到着。

「桜えび茶屋」というところで桜えびのかき揚げ丼とうどん定食を注文する。お腹すいた。今年は近年になく桜えびが不漁で、桜えびのかき揚げが2枚のところを、桜えび1枚、しらす揚げ1枚になっているという。どちらも食べたかったのでちょうどよかった。

お腹いっぱいになって大きなえびの模型が飾られた桜えび通りを歩く。東海道由比宿交流館の前の水路には、たくさんの亀がいてひなたぼっこをしていた。

だんだんと上り坂になり、これから薩埵《さった》峠へ。海越しの富士山がきれいな名所らしいけど、今日はかすんで見えないかも。

道の脇に白や茶色の袋をつけた木がたくさん。見ると、ビワだ。宮崎の実家にもあった。そんなビワの木の思い出を話しながら登る。はっさくや夏みかんみたいな柑橘類もたくさん。山の斜面に黄色い丸がかわいらしい。

なにしろずーっとあれこれおしゃべりしながら歩いてる。歩きながら話すと、ふだん話さないようなことまで話すのでなかなかいいなあと思う。仲よくなりたい人や性格をよく知りたい人がいたら、長距離のウォーキングやハイキングがいいかも。

桜えびのかき揚げ丼

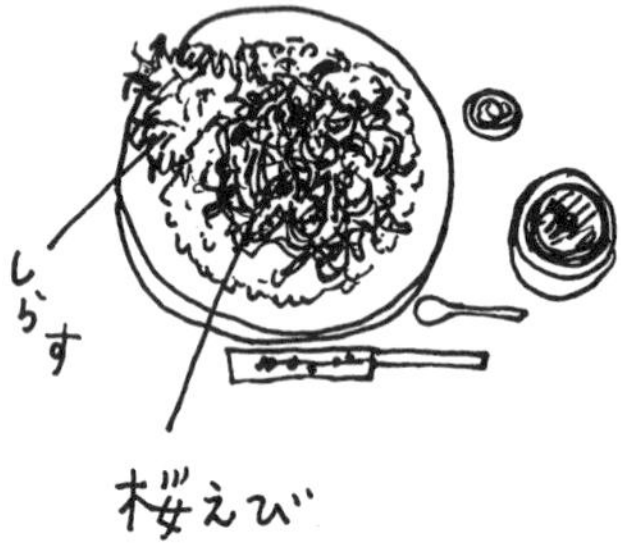

空を見上げるえび

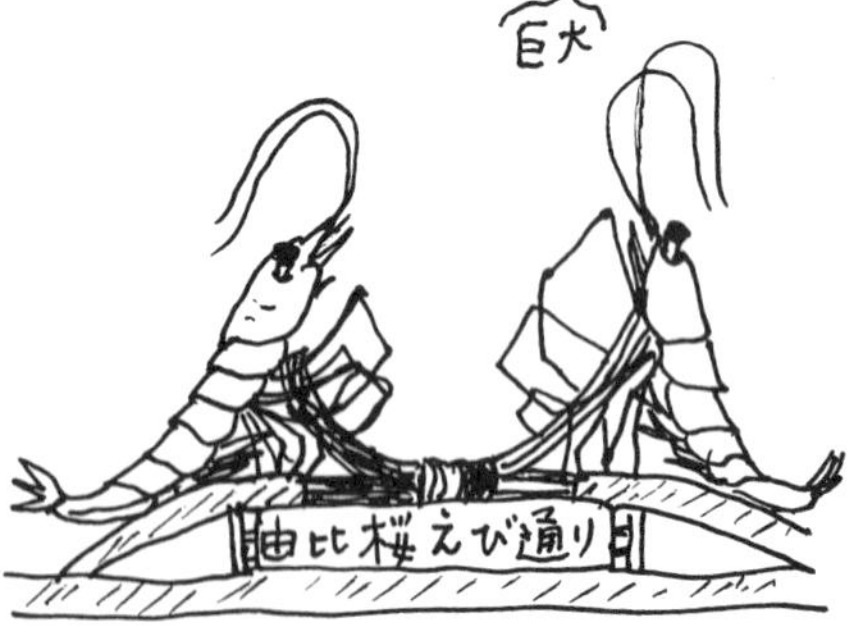

そしてついに着いた。薩埵峠。お昼ご飯を食べてから1時間半歩いて4時半。見晴らしがいい。でも、やはり富士山は白くかすんでいて見えなかった。なんとなく頂上あたりの雪の白がぼーんやり、目の錯覚みたいに見える。

カポちゃんが峠のベンチにオレンジ色のまるいみかんを発見した。伊予柑みたい。

「これ……」と。

地面に落っこちてる夏みかんみたいなのはたくさんあったけどベンチの上のは初めて。人もだれもいないし、もう日が暮れるしで、カポちゃん、それ、貰ってバッグに入れてた。

ここから細い道をゆっくりと下る。途中、春の花やススキの穂がくるんと巻いたのや桃の花がきれい。海を見渡す場所にベンチがあったり、すずしくて気持ちのいい道。この細い下り道がいちばん好きだった。

山から下りて、静かな夕方の道を歩く。興津大橋を渡った。どこからか東海道からずれてしまったみたいだ。東海道は海沿いのはず。

河原の石がたくさん集まっている中洲のようなところでおじさんがふたり、乾いた石をひっくり返して何かをさがしてる。なんだろう。

興津駅を目指して川沿いの気持ちのいい桜並木の遊歩道を進んでいたら、犬を散歩させているおじさんがいて、その先は行きどまりだよと教えてくれた。

駅からは遠ざかるけど海の方に大きな健康ランドが見えたので、そこで温泉に入って休んでから帰ろうと疲れた体にむち打って行ったら、なんと休館日。

ガクリ。

係りのおじさんが申しわけなさそうに、入館半額券を2枚くれた。お礼を言って、興津駅に向かう。途中のコンビニでお菓子を買った。

だんだんうす暗くなってきた。

駅の近くまで来て、向こうから来た中学生の女の子ふたりに駅の改札の場所を聞く。私たちも行きますからと、途中まで一緒に行ってくれた。そして「どこから来たんですか?」と聞かれたので、「東京から。今日は富士市から歩いてきたの」と言ったら、「ええーっ」と目をまるくして驚いていた。とても率直でかわいい中学生だった。私もカポもほんわかうれしくなる。

電車の時間まで近くのスーパーで買い物。カポがめずらしい「キムチマヨネーズ」となかなか東京にはないパンにつける「チョコミルク」を見つけて、欲しいというのでおでんとともに買う。

6時51分発の三島行きの電車に乗る。

学校帰りの学生がいっぱい。私は途中から座れたので、座って、ふーっと息をつく。

くたくた。

1時間ほどで三島に着き、もうお腹ペコペコなので駅の「しおやのタン塩」の大きな看板に引きつけられ、倒れ込むように入り、特上牛タン定食を注文する。カポはタンシチュー定食ともつ煮込み。ガツガツとおいしく食べて、たいへんに満足。

そして8時50分の新幹線で品川まで。私はビールとイカとナッツのおつまみを食べながら。カポの足の裏が途中でキューッと痛くなったそうだけど、歩けないほどは痛くならなかったそう。

本当にくったくたになったけど、とても気持ちがよく、とてもたのしかった。歩くたのしさがだんだんよみがえってきた。

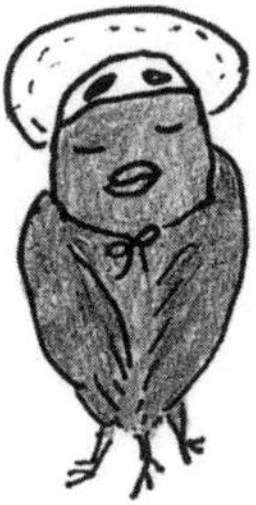

金時山ぷらっぷら

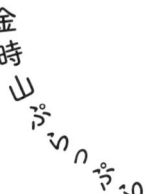

金時山。箱根の仙石原から登れる気軽な山です。

4月24日。新緑まっさかり。今日のメンバーは私と菊地さん、ガッキー（石垣さん）の3名。天気は快晴。気温もちょうどいいさわやかさ。

7時27分新宿発の小田急ロマンスカーで箱根湯本まで行き、駅前から今日のスタート地点の乙女口までバスに乗る。

バスを待つあいだ、バス停まえの早川をぼんやり見下ろす。

そこの生垣に咲いていた花のかわいらしいこと！　白く小さく丸くぽんぽんぽん。

登るルートはいくつかあるそうだが比較的楽なルートをと、金時山登山経験6回目の菊地さんが選んでくれた。

バスに乗り、発車。標高が高くなるにつれて、桜が咲いているのがあちこちに見える。新緑も美しい。こんな色とりどりの緑を見ると胸がぞわぞわする。

仙石で乗り換えて、乙女口に到着。

靴の紐を結びなおして、飴も持ち、10時半に出発。しばらくずっと木の根っこの壮観な登りが続く。

すでにここで私とガッキーは息が上がる。私たちはぷらぷら寄り道したりしながら気楽に歩くようなのがいいので、今日の登山は試金石になる。ぷらっぷらクラブに登山も入るかどうかの。ハードな山登りが大好きという菊地さんは私たちに乗り切ってほしいと願っている。

木の根っこの千枚田みたいな執拗な上りに、口数も少なく苦しい気持ちの私とガッキーのぷらっぷらコンビ。対してガツガツ登る菊地さん（以下ガツさん）。

ガツさんはすいすいっ、ひょいひょいっと水を得た天狗？　のように木のあいだをかけのぼって行く。

私たちは、うつむいてハアハア。

まだかまだか。この荒くれた木の根っこの千枚田地獄。

暑くなったので長そでのパーカーを脱ぐ。休憩もとってくれないガツさん。

「休憩は？　休憩がないと元気が出ない。先に休憩があると思ったら頑張れる」と言ったら、10分後の11時に休憩をとってくれることに。

よかった。それでちょっと頑張る。

そして11時。ふうー。水を飲んで休憩。

「暑いねえ～。汗かいた」

ひと息ふた息つこうとしたところで、もうやにわに背を向けて登り始めるガツさん。

ええっ？　もう？

遅れてついて行きながら、

私「変化がないと嫌だ、変化がないと苦しい」

ガッキー「そうですよね……」

とぶつぶつ言ってたら、やがて「はい。変化がありますよ！」とガッさんが言う。木の根っこの次は大きな石がごろごろしたやはり苦しい道だった。

そして立て看板に書いてあった時間通り40分後、乙女峠に着いた。今までは登山者に出会わなかったけど、ここで他のルートから登って来た人々と会う。団体さんだった。

ここから富士山が見えるはず。だけど今日は雲が下の方に多くて見えなかった。木製の小さな展望台の上にのぼってみたけどやはり見えない。

そこから金時山の方へと進む。と、すぐにまた見晴台があった。こちらは箱根方面の山が見える。カラリと晴れて気持ちいい。

ここから先はあまり苦しくなくなだらかな小道が続く。

「ここは好き。こういう道がいい」と喜ぶ私。

長尾山という山がまずあった。そこから下って、また登り。ところどころに金時桜というかわいらしい桜が咲いている。下向きの花がぶら下がってて薄ピンクで。

登山で石が落ちてきた時は「落《らく》！」と言って他の人に知らせるということをガッさんに教

わったので、小さな石が落ちるたびに「落！」「落！」とガッキーと小さく叫びあう。

しばらく行くと、「あれが金時山」とガツさんが指さす。

ぽこっとした山が遠くに見えた。かなり遠く、しかもかなり高く見えて、そこまですぐに行ける気がしない。2~3時間かかるんじゃないかと思うほどの遠さ。

なのにさっきの乙女峠から1時間ぐらいで山頂に着いた。最後の方ちょっと苦しかったけど。

さっきまではあまりいなかった登山者がここではいきなり大勢、200人ぐらいはいたかもしれない。そしてやはり、富士山は見えず。

「もう一生来ないかもしれないのに見えないなんて……」とつぶやいたら、ガッキーもうんうん、うなずいている。

ガツさんが「大丈夫。私は今日で6回目ですけど、見れたのは1回です」。

へえー。なかなか見れないんだね。

12時半。お腹すいた。

お昼を山頂の茶屋で食べる。茶屋は2軒あって、

金時娘のいる方は混《こ》んでいるので混んでいない金時娘のいない方へ入る。

「まさかりカレーうどん」やおでん、

鎌倉

山のあちこちの桜や新緑が美しい。
桜も白からピンク、さまざまな色合い。
富士山は水色の空の底に、白い雪をかぶってた。

瑞泉寺。うすむらさき色の
花大根がとてもきれい。

緑の中に真っ赤なしゃくなげが
とてもあざやかだった。

風が吹くと花びらがチラチラ散る桜吹雪の小道。
道の上にもたくさんの花びらが。

東海道

富士駅前。駅を出るとすぐ目の前にドーンと富士山。

まぶしいオレンジ色の花。遠くから見ると芋虫のようだった。

菜の花の鉢植え。なんとなくかわいらしく感じた。

由比宿。水路にはたくさんの亀がいてひなたぼっこをしていた。

薩埵峠から海を見る。
ススキの穂が、
くるんくるんと巻いていた。
子どもがかいた絵のように。

薩埵峠から細い道をゆっくりと下る。
すずしくて気持ちのいい道。
とても好きだった。

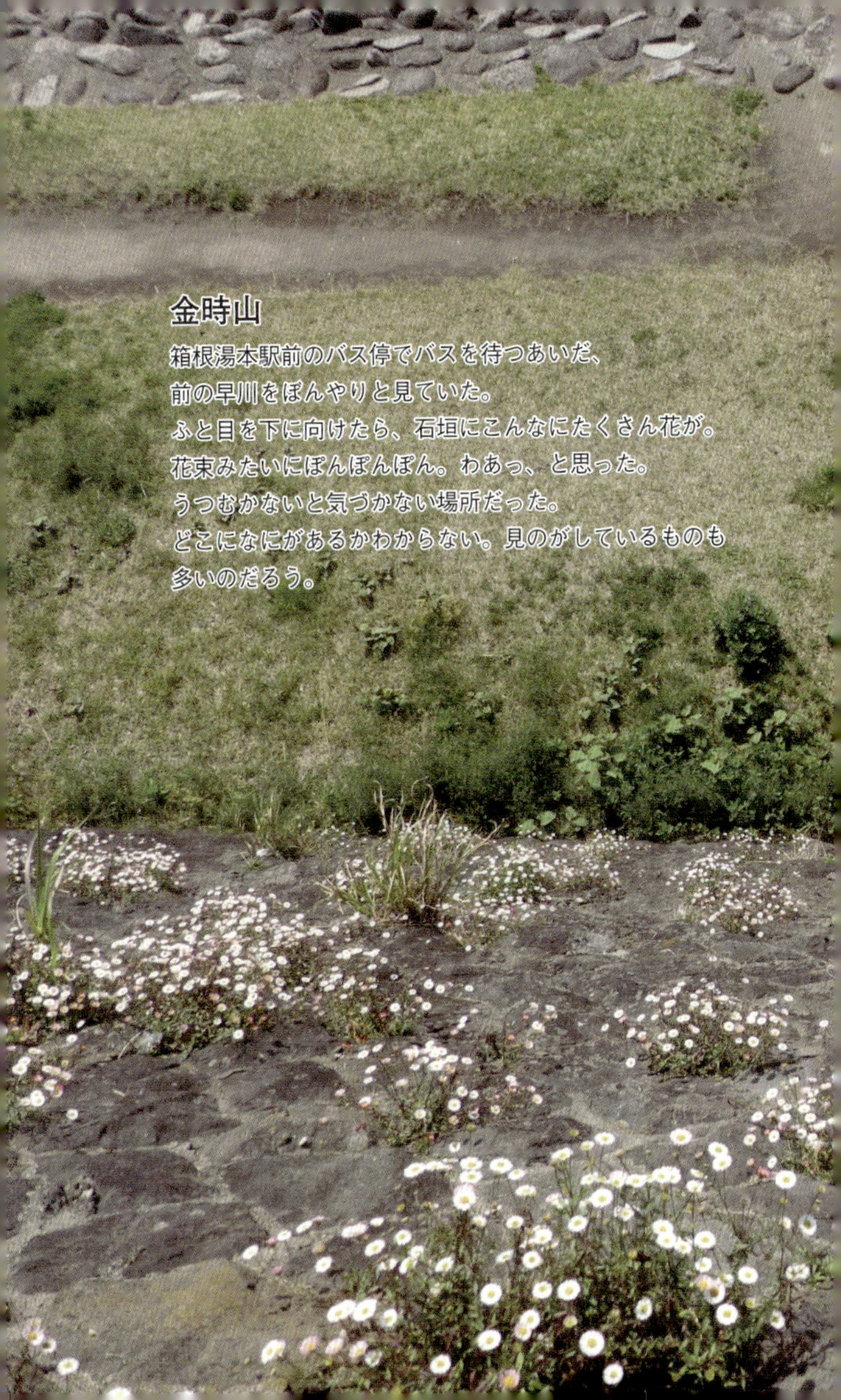

金時山

箱根湯本駅前のバス停でバスを待つあいだ、
前の早川をぼんやりと見ていた。
ふと目を下に向けたら、石垣にこんなにたくさん花が。
花束みたいにぽんぽんぽん。わあっ、と思った。
うつむかないと気づかない場所だった。
どこになにがあるかわからない。見のがしているものも
多いのだろう。

そこから見えた山の新緑。
さまざまな緑。
秋の紅葉もきれいだけど、新緑の色彩の豊かさに胸が躍る。
これだけいろいろな種類の木があるということ。
葉っぱの色。
風にひるがえって光るさま。
葉裏の白。
吹く風に葉がこすれ、森が歌う。

金時山登山開始。荒くれた木の根っこの千枚田地獄。

なだらかで好きだった道。

金時山、到着。雲で富士山は見えませんでした。

この道も好きだった。
ゆるやかなカーブ。

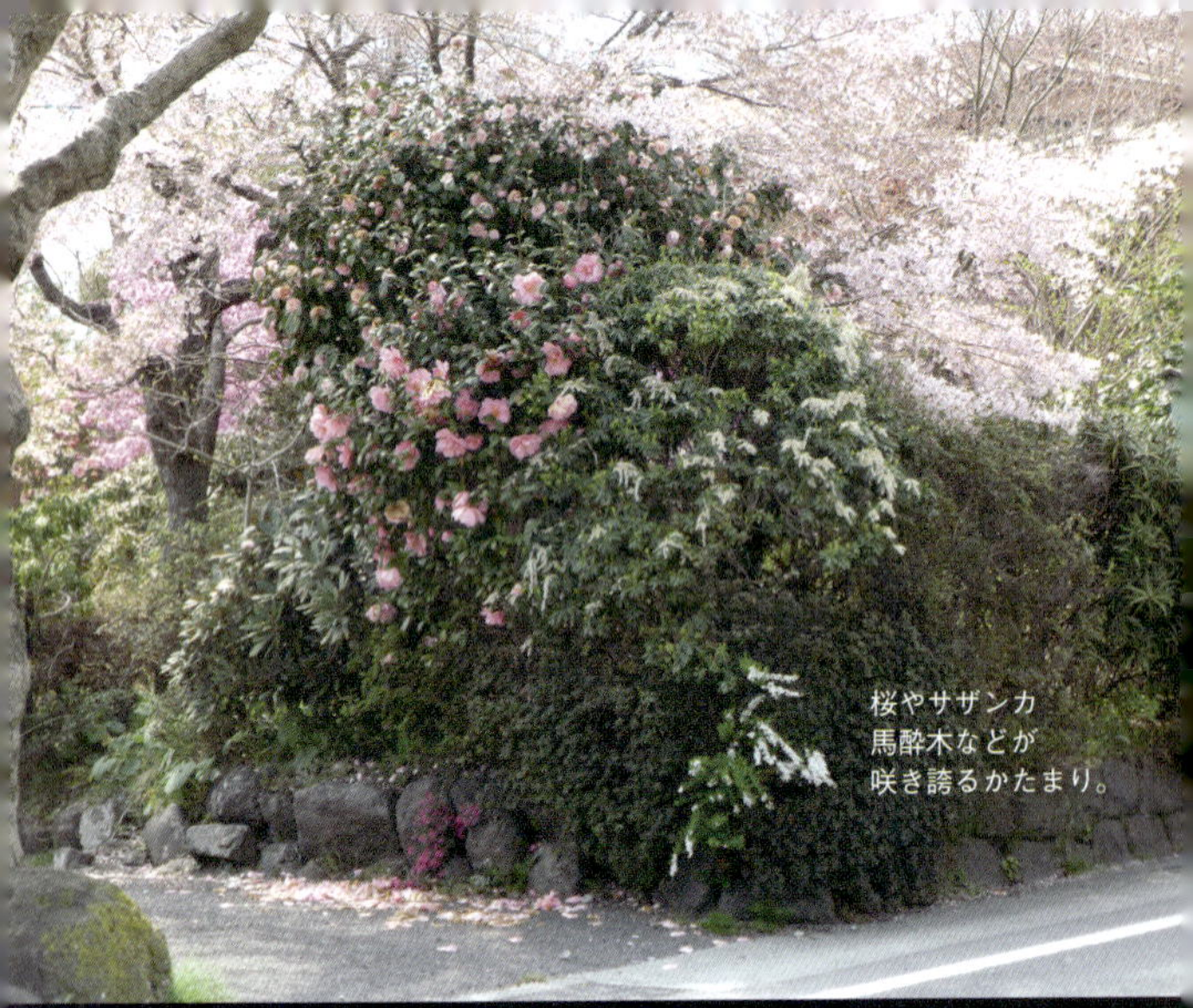

桜やサザンカ
馬酔木などが
咲き誇るかたまり。

日帰り温泉「天山」のお休み処から。
知らないあいだに雨ザーザー。

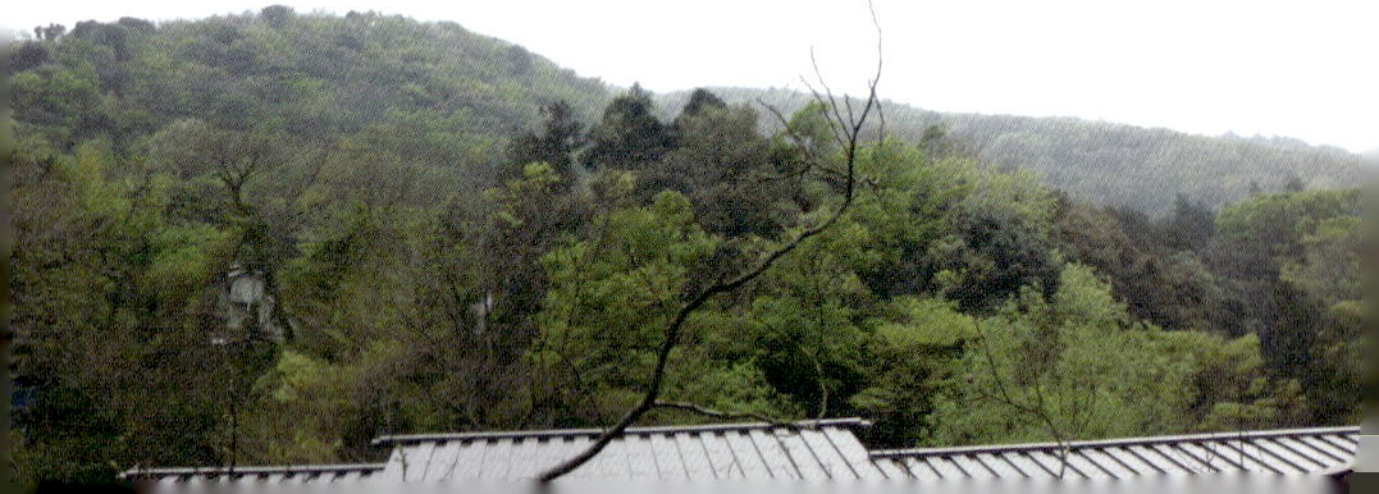

ガッキー持参のおいなりなどを分けて食べた。

頂上は人が多くてあんまり落ち着けない。

1時には食べ終え、下山。

下りは大きな岩が多く、道も狭く、人も多くて、お互いに譲り合いながら、ゆっくり進む。

ガツさんが、「もう下りるのかと思うと悲しい」と言う。

30分ぐらい下りたら、左右にクマザサが生い茂るなだらかな小道になり、また私の好きな感じ。

「ここは好き」

矢倉沢峠《やぐらさわ》というところだった。

そのままクマザサの道を進むと火打石岳という山に行くらしい。その斜面をくねくねゆく小道がみえたけどかなり好きな感じだった。いつかあっちに行ってみたい。でもそっちへは行かず私たちは金時山登山口バス停の方へ下りる。

しだれ桜やハルサザンカ、ミツバツツジ、馬酔木《あせび》など春の花が咲き誇る小道をふ〜っと歩き、2時にバス通りに出た。

苦しかった。下りは膝《ひざ》に来たよ。かくかくと震える感じに。

バスで箱根湯本まで戻り、そこからまたバスに乗って日帰り温泉「天山」へ向かう。

ぐったりと疲れた。

でも……、なぜかじんわり幸福感が。

「苦しい思いをするほど、幸せも強く感じるのかも」と隣の席のガッキーに話したら、「そうかもしれませんね」と言う。

だったらどうしよう。

もしそうだったら、大きな幸せを感じたいなら苦しい思いをたくさんしなきゃいけない。

でも、山登りに関しては、苦しければ苦しいほど、終わってから幸せホルモンみたいなのがたくさん出るのは確実。

ああ、どうしよう。

日帰り温泉「天山」は、黒っぽい木でできた、和風の大きな日帰り温泉。

タオルを買って、露天風呂などに入り、みんなが見当たらないので先に出たのかと思って着替えてお休み処の畳の間に行ったら、いない。まだだった。しょうがないので読みかけていた本を広げてしばしぼんやり。

ふと窓の外を見ると新緑が美しい。さまざまな緑色の世界。誘われるように縁台に出る。

ほあ〜。

引き込まれるように新緑の山の写真を撮っていたらふたりが出て来たので、「雨でも降りそうだね。白く煙って……」とつぶやいたら、「もう降ってますよ。ザーザーですよ」。

え？　ホントだ。よく見ると雨の白い線が軒下に見える。降ってたんだ……。

そこからタクシーでお蕎麦屋「はつ花」へ。

板わさと天ぷら、蕎麦みそをつまみにビールで乾杯。

蕎麦みそにカリカリしたものが入っていておいしい。

いいね〜、としみじみ。

最後にあったかい山かけそばでしめる。

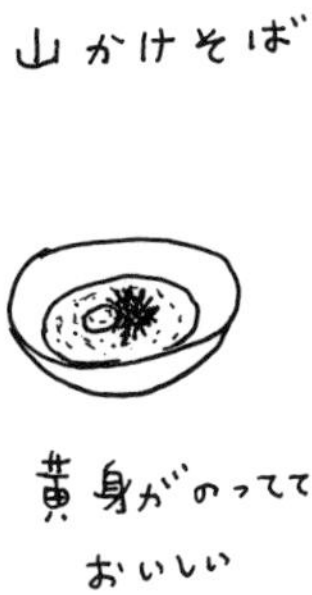

雨もあがったので駅まで歩き、かまぼこやお菓子を買って、帰りの電車の中で話しあう。

登山が好きになったかどうか。

ガツさんが私の好きそうな、変化に富んだ、お花畑がある、あまり苦しくない山をいくつか教えてくれた。でも、それでも今日の山の2倍から4倍は苦しいのだそう。考えてみよう。

「研究してみる」と言っとく。

ガッキーは登山よりもぷらぷらする散策が好きという。私もどちらかというとそっち。湿原が好きなので山に行って花咲く湿原を散策するのもいいなあ。

とても楽しかった。今日、好きだった道は2ヶ所。

（このあと3日後まで筋肉痛で階段下りるの痛かった……）

お茶の水ぷらっぷら

歩くのに慣れて来たのでこの勢いを止めずに続けて動こうと思う。なにしろ冬のあいだじゅう家でじっとしていたのでなんとか頑張りたい。

金時山から一夜明けた今日はお茶の水に行く用事があったので、ひとりぷらっぷら散策を緻密に計画した。お茶の水に来るのは……、20年ぶりぐらいかも。忘れちゃったけど。

4月下旬のとてもさわやかで気持ちのいい日。こんなに気持ちのいい日は年に幾日もない。

ああ。すがすがしい。

リュックをしょって軽快に改札から飛び出る。ポーン。

新鮮な目で見るので、ここはまるで遠くの見知らぬ町のよう。

人々も見知らぬ人ばかり。当然だけど。

まず、聖橋《ひじりばし》を渡り、湯島聖堂へ。聖橋門から入るといきなりの静けさ。石段を下りて入徳門。大きな木を見上げながら登って杏壇門《きょうだんもん》。大成殿《たいせいでん》。

うん？　これだけ？　なんだ。

人影はポツリポツリ。ウグイスの鳴き声。あちこちの木や植物を見ながら石段を下りて先へ進むと、輝くような新緑の中、大きな銅像がドーンとあった。世界最大という「孔子銅像」。

かたわらの巨大な木は「楷《かい》」の木。立て看板によると楷は孔子の墓所に植えられている木で、「葉や枝が整然としているので書道でいう楷書の語源ともなったといわれている」そう。

そう思いながら枝を見ると、確かに、くっ、くいっ、しゅっ、という習字の筆さばきのような端正な枝ぶり。

この木、花が咲くまで30年かかるんだって。

正門から外に出て、石垣に咲く春の花を見たりしながら昌平坂《しょうへいざか》をゆっくり上がり、神田明神（神田神社）へと向かう。

そして鳥居の左にある「天野屋」に入り、紙で何かを作っていた店のおばあさんに甘酒を注文する。昔ながらの店内は茶色っぽい木でできていて古いカルタなんかが飾ってある。

ここの甘酒は店の地下6メートルに掘られたアーチ型の天井を持つ糀室《こうじ》で作られている糀が原料になっているのだそう。100年以上も前から、今も。冷やし甘酒もあって、歩いて来て暑かったからどうしようかと迷ったけど、まずはあったかい方と思い、あったかいのにした。400円。前払い。

来た。生姜《しょうが》の効いたもろみそもついてる。甘酒はほんのりとした甘さで、私の好きな味だった。

満足して売店をちろっと見てから出る。「芝崎納豆」という納豆も名物らしい。

出て、神社の方へ向かったら、さっきの甘酒の糀室の説明が写真とともに店の外壁に貼られていた。大きな年季の入ったたぬきの隣に。じっと読む。

神田明神の門をくぐる。

広々とした境内《けいだい》に入ったら、すぐ左手に青い波がまるく形作られた中に神さまがちょこんと立つ奇妙な作り物があって、その前の囲いの中に仔馬が。ポニーだった。神馬、名前は明《あかり》と書いてある。こげ茶色で小さくてじっとしていて物悲しそうに見えた。

神田明神

青い波の中の人、

それは、えびす様だった

海の仲間に守られて
大海原を渡るお姿だそう

もうひとつ目を引いたのが「石獅子」。岩の上に江戸時代の「獅子の子落とし」の石像が据えられている。獅子はところどころ壊れている。関東大震災で獅子山が崩壊して子獅子は紛失したが親獅子2頭は保存されて再建された獅子山に据えられたのだとか。

これもまた孔子像と同じように、輝くような新緑を背にしている。この季節、どれもこれも緑にいきいき輝いてる。

屋上庭園入口、という立て看板が目に入ったのでそちらに向かってみた。屋上へのスロープの前にけだるそうに立つ男性ひとり。ずっとそこに立っていてどかないので、しょうがなくその人も入れて写真を撮る。

スロープにくっつけられたゴムの棒をおもしろく踏んで登ると庭園になっていた。人はひとり、ふたり、ぽつぽつ。白い牡丹《ぼたん》が満開だった。生き生きとした緑の葉。

庭園から下りて、最後に門の前で振り返り、透明な青空と広い境内、ところどころの人を見て、一礼する（他の人がしてたので真似した）。

すがすがしい気持ちで駅へとゆるゆる戻る。

神馬

明（あかり）
平成22年5月15日生まれ

満開の白いボタン
牡丹

屋上庭園

駅前の茗渓《めいけい》通り。

「丸善」の前では平台に雑貨や本が並べられ、道行く人がのぞいてる。私は店の中に入って本の棚のあいだをすーっと進んでいたら、ふと目についた本があり、しばらく迷った末それを買う。

外に出て、とちのき通りを歩いて筋肉痛の足で男坂を下り、お昼はここで食べようと決めていた有名なお蕎麦屋さん「松翁」へ。小さなお店だった。普通のお蕎麦と季節のお蕎麦の二色もりを注文する。つゆは濃いのと薄いのと選べて、私は濃いの。

しばらくして出て来た。ザルの上に4つの山に分かれて。お蕎麦は細くて上品。おいしい。季節のお蕎麦は薄い黄色で、レモンみたいな味がしたけど何なのかわからなかった。さわやかな硬さ。きれいにおいしくするっと食べた。周りは、おじさん4人連れ、大学の先生と編集者の男女の3人、男1人、子連れの家族と、さまざま。4人のおじさんたちはお酒飲みながら楽しそう。次は私もぜひ飲みながらつまみを食べたい。菜の花のお浸しや穴子のにこごり、天ぷらに冷酒で……。

おかみさんにお金を払って出る。あの季節のお蕎麦は何だったのか聞けなかった。勇気がなくて。ま、いいか。

急な男坂を、今度は上る。上りは下りほど痛くない。

小一時間ほどの用事を済ませ、また駅前の茗渓通りに戻って老舗《しにせ》の喫茶店「穂高」へ。ここも茶色の世界。椅子もテーブルも昭和の雰囲気。

奥の窓から外がのぞける。私は入口近くのテーブルかカウンターどちらでもと言われ、いったんテーブルに座ったが、あとからすぐに3人連れの男性が入って来たのでテーブルを譲る。カウンターでさっき買った本を読みながらコーヒーをいただく。灰皿や砂糖壺にも時代を感じる。本もおもしろく、楽しい。小さな旅行みたいだ。

そこを出て、まだ時間があったので聖橋から青銅色のドーム屋根が見えるニコライ堂へ行ってみることにした。午後4時少し前だったので中に入ることができた。今の時期は4時まで。

300円寄付して黄色いロウソクをもらう。奥へ進むと広い空間。ロウソクに火をつけて鉄の台に刺す。あのドームの裏側はこうなってるのかとか、ステンドグラスの窓やイコン像をきょろきょろ眺める。説明を受けている外国人の団体さんがいて、その説明を聞くともなく聞きながらぼんやりあたりを見回し、それ以上特に何も思わなかったので外に出る。

庭の花壇の白いチューリップがきれいだったので写真に撮る。白い色の花が多い。

ひとり散策、とてもよかった。また行きたい。

谷根千ぷらっぷら

1日1運動。

水泳でも短い散歩でもOK。とにかく家から外に出る、と決めてから2週間ほどが過ぎた。カレンダーに緑色のペンでその日の運動量に合わせた大きさの丸を書いてみた。全然動かなかった日は×。バツは今のところ2個。

で、今日は谷中、根津、千駄木、本郷、上野あたりを散策することにした。今日同行してくれるのは友だちのマモちゃん。できるだけたくさん歩くことに挑戦したいと私は決意を述べる。

11時に日暮里駅で待ち合わせ。お天気は曇りときどき雨。空は雲に覆われている。

駅を出たらポツポツ降っていた。私は折り畳み傘をさす。マモちゃんは手ぶらだった。すぐ前にコンビニがあったので、「あそこで傘、買ったら?」と言ったら、500円傘を買ってきた。でも、買ったとたんに雨は止《や》んでいた。私は折り畳み傘をたたんだ。マモちゃんは傘を閉じて手に持った。普段から雨でもあまり傘をささないそうなので気の毒。3分待ってたら止んでたなあ……。

邪魔でしょうね。買ったら? って言わなきゃよかったかな。でもあの時はわからなかった。すぐ止むなんて。

さ、まずは……。私は散歩ガイドを広げて、地図を確認してから歩き出した。しっとりとした大きな木やお寺の屋根が見えて、いきなり不思議なところへ来た気分。でも今日は5月5日、休日なのでやけに人が多い。こんなににぎわっているなんて落ち着かない。佃煮《つくだに》屋さんや甘味屋、谷中せんべいのお店を過ぎて左折する。

初音の道。

左手、飲み屋街の初音小路に「都せんべい」。まだ早いのでおせんべいは少ししかなかった。鉱力《ブリキ》職人の家に張られた鉱力を見上げて、その先の「朝倉彫塑館」へ。日本近代の代表的彫刻家朝倉文夫のかつてのアトリエ兼私邸だそう。コールタール塗りの変わった外観。洋風のアトリエにはたくさんの彫像作品が並べられていたが、私は彫像にはまったく興味がないので、リアルな彫像を見ても「人の顔にそっくり。こんな顔の人いるよね」という感想しか浮かばない。アトリエの奥の中庭は池になっていてそのまわりを囲むのは数寄屋造りの建物。池は深そうで、石組みの石はものすごく大きい。大きな石をじっと見る。池の中につるんとしたなめらかなお餅のような石があって、特にそれを。

和室は田舎でよく見る感じなのであまり関心はなく、ツーツーと通る。猫の彫像がたくさん並んでいる欄の間という部屋があり、私は猫にも興味がないので黙ってただ見る。3階にも上り、屋上は今日は閉鎖ということで見れず、また下りて外に出る。人が多かった。昔っぽいところってちょっと息苦しく感じる。

歩いていると、小さな手づくりブックカバーのお店（「旅するミシン店」）。木でできたボタンがあり、栗とか、木の名前が書いてある。それがちょっと気になった。木が好きなので。

細道に、瓦《かわら》を練り込んだ観音寺の築地塀。有名らしい。瓦がたくさん入っている。

ふうん……と思いながら見たけど、私はそれよりもその向かい側の塀の方が好きだった。

いろんな形の瓦がところどころに埋め込まれて記号のようになっている。かわいいなあとしばらく見入る。

観音寺の築地塀
土と瓦を交互に
つみ重ねて作るそう

その道の奥に金色に輝く大きな観音像みたいなのが空をバックにそびえていて、マモちゃんが興味深そうに見に行っていた。

ちょっと休みたい、お腹もすいてるし、と思い、三崎坂を下りながら喫茶店を探す。ガイド本にでていた喫茶「乱歩」に入る。江戸川乱歩にちなんだネーミングとのこと。薄暗く、昔風。とにかく全体的にこげ茶色。オレンジ色のランプみたいな照明。たばこも吸っていい。いきなり昔に紛れ込んだよう。少数いるお客さんも昔っぽい。

角のテーブルに座り、ロリータファッションの女の子からメニューを渡される。ちょっとだけ何か食べたいからジャムトーストとコーヒーにしよう。時々、喫茶店のトーストでおいしいのがあるから。コーヒーはブレンドとアメリカンがあった。

どうしよう。迷う。注文しようとロリータを呼ぶ。すると迷った私の口から「アメリカンって……どれくらい薄いんですか?」と奇妙な質問が飛び出した。困ったようなロリータの答えは覚えてないけど、ブレンドを注文する。

たまにどっちか決められなくて頭がポカーンとなることがあるんだよね。

ジャムトーストは薄いパン2枚をそれぞれ半分に切ったものだった。私が半分、マモちゃんに1・5枚食べてもらう。砂糖壺も昔っぽい。スプーンには砂糖が分厚くがっしりくっついていて、「これ……」と見せて苦笑しながらコーヒーに砂糖を入れてたら、マモちゃんが

「それ、やばいんじゃないの?」と驚いて隣のテーブルの砂糖壺を持ってきてくれた。でもその時にはもう私はその砂糖をコーヒーに入れ終えていた。前の人が砂糖をスプーンごとコーヒーにつけたんだね……。

その苦しいようなもやっとしたランプ空間から外に出て、ほっと息をつく。

「苦しかった。昔っぽくて」

でもおもしろかった。

明るい現代に戻り、江戸千代紙の「いせ辰」に一瞬入り、千代紙の香りをかぐ。いい匂い。

江戸千代紙の香りを

くんくんかぐ

紙の匂いって大好き…

それからくねくねしたへび道へと進む。

花など見ながらへび道を歩く。お腹がすいてるので、どこかでお蕎麦でも食べようと開いてるお店を調べる。この先にずっと前に行ったことのあるお蕎麦屋さんがあったことを思いだした。また花を見ながら路地をずんずん進んで、ここかなというところに出たら地下鉄の根津駅の近くで、行き過ぎてた。お蕎麦屋さんは根津神社の信号の近くだったので、不忍通《しのばず》りをふらふらと引きかえす。

あった！

でも人がたくさん並んでる。10人以上。休日だから。待つのも嫌なので先に根津神社を見てからまた来ることにした。根津神社へ行く道も人でにぎわっている。こんなににぎやかだとは想像してなかった。

人がたくさん並んでいるお店があって、何かと思ったら讃岐《さぬき》うどんのお店。うどんが好きというマモちゃんが興味深そうに見ていた。

根津神社に入ると、もっとにぎわっていた。お祭りみたい。つつじ祭り、屋台、フラダンスショー。呼び込み、子どもの泣き声、フラダンスの音楽が流れる中、乙女稲荷神社の赤い鳥居をくぐる。ずいぶん長かった。鳥居の出口あたりはじめじめとしてうす暗く、私は神社のそういう部分は苦手なので、「この辺はあんまり好きじゃない」と地面を指で指し示す。

つつじ園の入口があった。つつじは終わりかけであまり多く咲いてなかったけど、斜面になっていて見晴らしがよさそう。上の方から風景を見たかったので入ってみた。入場料を払って入ると外からは見えなかったけどけっこう人がたくさんいた。枯れかけたつつじの花を見ながら進むと、境内が見渡せるいちばん高いところに出たので、なるほど～こうなってるのか、と思いながら眺める。

お蕎麦を食べようとお蕎麦屋さんに向かう。途中のうどん屋さんにもまだ並んでる。マモちゃんがうどんが好きだというんだったらうどんにしてあげてもいいかなと思ったので、「お蕎麦屋さんがまだ並んでたらうどんでもいいよ」と言って、お蕎麦屋を見に行ったらやっぱり並んでた。さっきよりも多いぐらいだ。なのでそのうどん屋「根の津」に並ぶ。こちらも並んでる人は同じぐらいかもしれない。

店の説明を読むとおいしそう。並んでる前のグループからメニューが回って来た。さんざん迷って、冷たいぶっかけうどんにした。そして上に温泉卵をのせよう。そして冷酒と葉わさびのお浸しでもつまもう。マモちゃんは餅ぶっかけにじゃこ天。男の店員さんが注文をとりにきたのでそれを伝える。15席しかないので回転が遅い。けど、おいしいうどんのためにじっと待つ。普段、並んでまで食べるってことはほとんどないけど、歩いて足が疲れたのでちょうどいいや。立ってるだけでも休めるから。今日はとにかく頑張ってたくさん歩くというのが目標なのであまり余計なことは考えない。

どれくらい待っただろうか。40分ぐらいかなあ。やっと私たちの番になった。お店の中はあったかい。外はすこし寒かったのでそのあったかさがうれしい。

注文は済ませてるので、葉わさびのお浸しと冷酒がすぐに出て来た。葉わさびはすごく辛かった。マモちゃんも食べて辛そうにしている。なので、

「すごく辛い時、辛くなくさせる方法を教えてあげようか？」

「うん」

「口から空気を吸って鼻から出すの」

「ほんとだ」

「そうしてるあいだだけは全然辛くないでしょ？」

お寿司のわさびが効きすぎた時も私はこの方法で乗り切っている。

ぶっかけうどんが出て来た。食べる。

うん。おいしい。

というか、あまり私は違いはわからないんだけど、なんだかきれいな味。

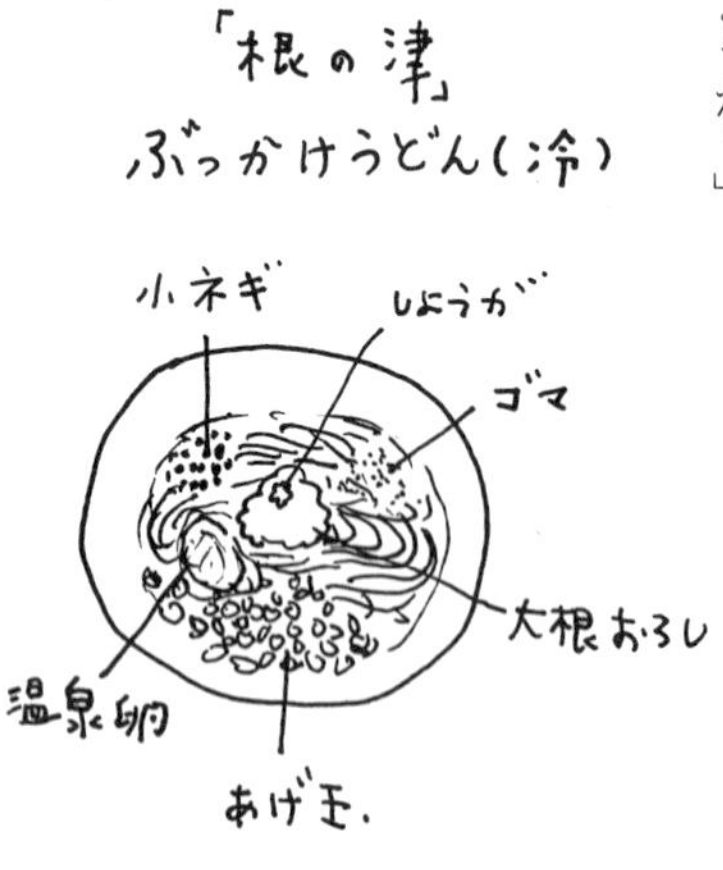

次の目的地は暗闇坂《くらやみざか》にある立原道造記念館、弥生美術館、竹久夢二美術館。

南へむかって細い道を選んで進む。すると、こっちには誰も人がいない。いきなり無人だ。さっきまでの喧騒が嘘のように、しみじみとした5月の散策だ。

人んちに植わってる木や鉢植えの花を見ながらたらたら行くと弥生坂という通りに出た。信号のところに「弥生式土器発掘ゆかりの地」の石碑。そこからまた路地を通って行ったら東大の弥生門の前に出た。ずっと昔に来たことがあった気がするけど忘れてしまった。安田講堂を見たいなと思い、中に入る。

すると、工事中だった。ちょっとだけ見えた前面の石作りの部分を見ても歴史を感じさせる古さ。ぷらぷらと進んだら、すぐそこにすごく大きな木があって、大きな枝が地面にまで下がってきてる。こんな大きな枝が低く下がってるのは見たことないかも。子ども連れの家族がいて子どもをその大きな枝にのせてた。私も子どもだったら登りたい。

大きな木だった……と思いながら進むと、うす暗い三四郎池。亀がたくさんいた。子どもが釣りをしている。そんなのどかな風景をながめながら戻り、弥生美術館、竹久夢二美術館に着いた。受付で説明を聞き、入るかどうかちょっと考える。私は竹久夢二にも開催中の展覧会（高畠華宵《たかばたけかしょう》の挿絵など）にもそれほど興味がないので、マモちゃんと相談してやめることにした。立原道造記念館がその前にあったはずだけど見なかったなと思って引きかえしたら、あるはずの場所が駐車場になっていた。閉館したのだそう。まあ。

そこからまたテクテクと歩き、上野の不忍池に出た。小さな池に白鳥のボートがたくさんひしめきあっている。芋の子を洗うようにとはこのことか。ちょっと乗りたいなあ……と思ったけどね。一瞬。

ばちゃばちゃ漕いでるのにロープにくっついててピクリとも動かないスワンがいた。

マップを見たら「ぼたん苑」があったので行ってみることにした。途中、池の小道に屋台が立ち並び、ここもにぎやか。ここの屋台のおじさんたちは酸いも甘いも嚙《か》み分けたような感じだった。

「ぼたん苑」をめざす。けっこう遠かった。上野東照宮とぼたん苑の共通券を買って、まずぼたん苑から。ぼたんはきれいに咲いていた。しっとりとした空気ににじむような大輪の赤や白やオレンジ。なんとも美しい。陰のある華やかさだ。

そして東照宮。金箔が張られてキラキラキラキラキラしていた。

立ち並ぶ石灯籠やお化け灯籠を見て、疲れたのでお休み処で休憩。お菓子と抹茶を注文する。お菓子は麩饅頭《ふまんじゅう》だった。

上野 不忍池

ピクリとも動かない
スワン
ロープにくっついてて…

そこを出て湯島の方へ歩いていたら、マモちゃんがさっきのお店に傘を忘れてることに気づいた。でも取りに行ってもきっとまたどこかに置き忘れるからもういいと言っていた。結局今日は使う機会はなかった。途中、ちょっとだけパラリと来て傘をさしてたけど、すぐにやんだし。

いつも行くお寿司屋さんに行こうとしたらお休みだったので近くの居酒屋に入る。まだ5時だけど。くたくた。

今日はずいぶん歩いた。

「よく頑張ったね、私たち！」とねぎらって乾杯する。

本当によく頑張った。

何も考えず、とにかく前に進もう進もうとしてたわ。

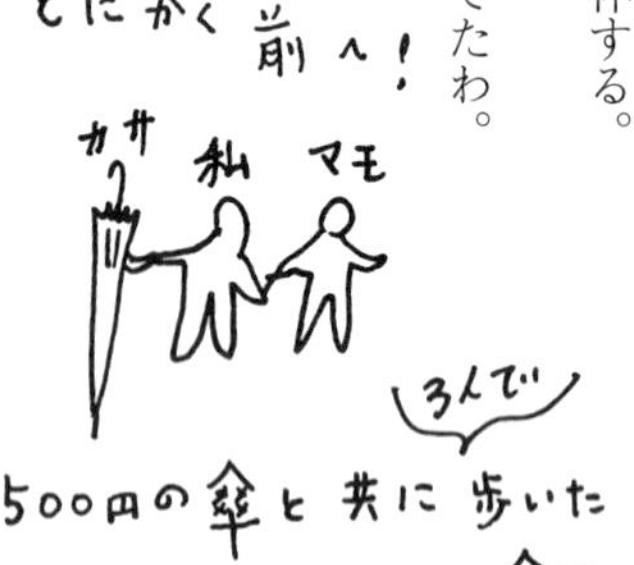
500円の傘と共に歩いた今日

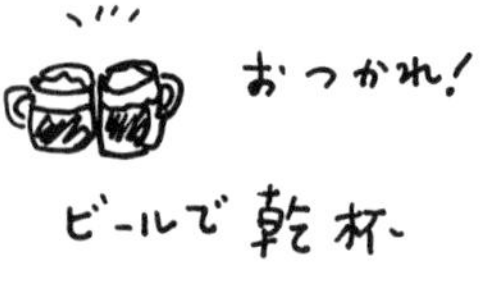

高千穂近辺ぷらっぷら

これは雑誌「旅サライ」の仕事で行きました。

ぷらっぷら歩きではなく、車でブーッと回ったのだけど、かなり好きなところがあったのでみなさんにぜひ教えたいと思い、書きます。

旅立ちは5月11日。新緑のきれいな頃でした。

熊本空港からレンタカーに乗って出発。メンバーはライターのゴタちゃん、カメラマンのいちごさん、運転手は九州観光推進機構の山口くん。みんなおだやかで人の邪魔をしない雰囲気。ゆるやかな流れに浮かぶ4枚の木の葉が、今日という渦の中でゆっくりと回ってるみたい。

まず、熊本の南阿蘇にある白川水源へ。

遠く有明海へと続く白川の源流であり、環境省選定「日本の名水百選」に選ばれているという。透明な水が池の底からコポコポと湧き出ていて、もわもわした藻がお吸い物の中のとろろ昆布のよう。底の湧き出ているあたりの水の色が青みがかった灰色というか、白っぽく見えていかにも新鮮そうできれい。

お土産屋さんで、水源水で漉《す》いたというぽってりと味のある手作り和紙やオリジナル手ぬぐいなどを見て、龍の絵柄のやわらかい手ぬぐいを買う（どこかに置き忘れてしまって残念）。次に大きな水晶が飾られているお店に入った。そこは石の店だった。大小さまざまな水晶がきれいに並べられている。私の背と同じくらいの大きな水晶をさわる。

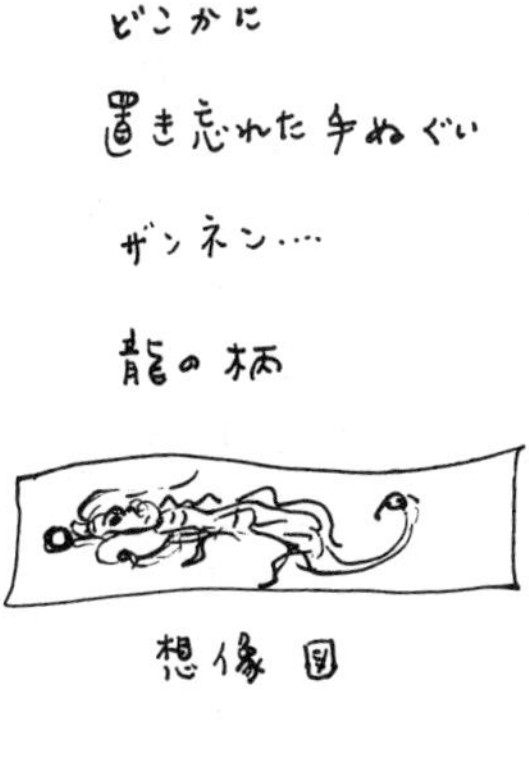
どこかに
置き忘れた手ぬぐい
ザンネン……
龍の柄
想像図

次は幣立神宮《へいたてじんぐう》へ行く予定だが、その前にこの近くにいいところがあったことを思い出し、そこに寄りませんかと提案した。そこというのは「高森湧水トンネル公園」。

かつて高千穂線のトンネルとして掘削された坑道が湧水流出で廃止になり、そこを公園にしたということろ。ずっと前に行ったことがあって、よかった記憶があるのです。

そのトンネル公園へと続く川に私の好きなタイプのオブジェを発見した。

鉄の棒の上にただの石がのっかってる。そのなんとも素朴な感じ。私は夢中になって写真を撮った。

そしてトンネルに入ったらひんやり……。

水の流れるうす暗いトンネルがずっと続く。水底にお金が見える。人々が硬貨を沈めていくんだな……。

歩いても歩いてもまだ着かない。誘った手前、どうしようと気をもんだが、やっと行き止まりに着いた。そこに、私の好きな「ウォーターパール」という噴水がある。

水が真珠のような丸い玉に見えて、それがゆっくりと落ちてきたり、止まったり、上にのぼってるように見えたりする。ストロボライトと残像の関係らしいが、とても不思議で、きれいで、いつまでも見ていたい。ずっと見ていても飽きない。ずっと見ていた。

ずいぶん見て、やっと満足して、奥の行き止まりに向かう。そこはトンネルの突き当たり

石段を下りて入徳門。

お茶の水

湯島聖堂。聖橋門から入る。

杏壇門。ウグイスが鳴いてました。

大きな木を見上げながら階段を登る。

新緑を背に孔子の銅像が静かにたたずむ。
なにか言いたげに。

楷の木。整然とした枝ぶり。
楷書の語源。

たぬきと、糀室の説明書き。

神田明神近くの「天野屋」で甘酒。

奇妙なオブジェ。真ん中のはえびす様だった。

広々とした神田明神の境内。

神馬のポニー、名前は明（あかり）。じっとしてなに思う。

石獅子。
緑色に光る葉っぱを
背にいきいきと。

屋上庭園へのスロープ。
どかない男性と。

ニコライ堂の花壇の花は
白い色が多かった。

「松翁」の二色もり。

「穂高」のコーヒー。

坂の下からニコライ堂を見上げる。

東大。安田講堂前の大きな木。

上野公園「ぼたん苑」の美しきぼたん。

ぽってりと味のある手づくり和紙封筒。

高千穂近辺

白川水源。この透明感。

水晶の林。

でか水晶と私。そっとさわる。

なんともかわいい。

「高森湧水トンネル公園」の
石のオブジェ。

この素朴さ。

こっちも。

ウォーターパール。

水がこんなまるい玉に見えて、
それがゆっくりと落ちたり、
止まったり、上にのぼったり。

杉木立が風に吹かれてゆれていた。

東御手洗社。

幣立神宮の奥にあった木。

鳥居の龍のお腹のグルグル模様。

ベッドカバーと続いてるような私の服の模様に笑えた。

こぢんまりとした空間、とても落ち着きました。

にっこりほほえむ石像に飛び込む。

うのこの滝。ここもまるく囲まれていてとても落ち着きました。
滝はちょろちょろ。水道の水みたい。

苔のついた石。

秋元神社。ミストサウナのような雨。

大きな「長九郎岩」。これは川の中。

大きな殿岩。

飯干さんの民宿の前で。静かな森が広がっていました。

妙見神社。鳥居の向こうに見える滝が御神体。

「あららぎ乃茶屋」で昼食。
このおにぎりか！

七福神の絵があった。

トド。

八大龍王水神社の、ものすごい自然さ。
ジャングルみたいだった。

そこに行くにはまたこんな階段を。

おいしかった
チキン南蛮。

山の中の静謐な二上神社。

二上神社の杉木立に囲まれて、
なに思う。

国見ヶ丘で。私の愛用のくまちゃん手さげ。

さわやかな風でした。

山口くん「3分」ポピー。

で一面の岩盤から水が滝のように流れ出ている。さすがにこんなに水が出るとトンネルもあきらめざるを得なかったのでしょう。ザーザーだもの。

その立ちふさがった硬そうな岩と水の冷たさがとてもよかった。神聖な気持ちにもなった。うす暗さもちょうどよく。置いてあった柄杓《ひしゃく》で水を飲んだけどまろやかで冷たくておいしかった。赤いサワガニもいました。

満足して引きかえす。帰りもまた逆側の道から石のオブジェを夢中になって写真に撮る。

幣立神宮のすぐ前に天然酵母を使ったパン屋さん「ヤマGEN」があり、そこでピザやみっちりと実がつまったブルーベリーパイを食べて、ピーナッツバターをおみやげに購入。ブルーベリーはお店の脇のブルーベリー畑でできたものだとか。

幣立神宮で好きだったところがいくつかあって、まず奥の山道の脇にはえてた木。ぶわっと広がってた。

それからそこいら一帯の杉木立が風に吹かれてゆれる様子。下から見上げると全体がゆらゆら揺れてた。そして風が葉っぱをゆする音。サワサワとした音が向こうからこっち、あっちからそっち、というふうに動いていくのがおもしろかった。しばらく目をつぶってその音を聞いた。

次に東御手洗という石清水が流れ出る池へ。

そのあたりの田んぼの雰囲気もよく、小さな池と、木製の鳥居に掘られていた龍のお腹のグルグル模様にも心惹かれた。

私はこの池を背にして田んぼの方を向いた時に妙に落ち着いた気持ちになったのだけど、このこぢんまりとした空間がとても気に入った。

境内にあったにっこりとほほえんでる子どもの石像。最初見てあまりのにっこりさ加減がちょっと気持ち悪いと思ったけどあえてそこに飛び込み、同じようににっこり笑って写真に収まってみた。

次に行ったのが幣立神宮から5キロほどの「うのこの滝」。

駐車場から少し歩いて下る。滝自体は私が行った時の水量は少なく水道の水みたいだったが、とても気持ちいい。

滝壺がまるく池のようになっていて、それを岩と木が取りかこんで包み込まれるような感じ。私は全体にまるく収まっているところが好きみたい。岩の上に座ってしばらくぼんやりする。

それから高千穂の宿「神隠れ」に入ったのだけど、笑ったのは部屋のベッドカバーと私の服が同じような模様で、ある角度から見たらつながって見えたこと。

次の日は雨がシトシト。神社に雨はとても似合ってる。いい感じ。気持ちも静まります。

高千穂から30分ほどの秋元神社に行く。

ここにもきれいな水が湧き出ている。うっそうとした森の中にポツンとあって後ろの切り立った崖のあたりが森閑としていてよかった。細かい雨がミストサウナのよう。

ここで好きだったのは傍《かたわ》らの木の間に祀《まつ》られていた石。苔《こけ》が2ヶ所についていて、その苔の色と形が好きだった。

いちごさんが森や神社の写真を撮ってるあいだ、しっとりとした雨の中で山口くんに「何歳？　結婚してるの？　どっちが先に好きになったの？」などいろいろ質問する。

で、そのあとその秋元集落にあるギャラリーでも見学しようと行ってみたけど改装中だったので、そのご主人（飯干さん）に教えてもらったすぐ近くの田んぼの中の殿様が住んでいたという大きな「殿岩」、川の中の「長九郎岩」を見に行く。長九郎岩では川に落ちそうになってあわてた。

そのご主人、民宿もやっていらして、話し方や笑顔が素晴らしかった。

あの人は感じがよかった、威張ってなかった、目がキラキラしていた、と何度も言ってたら、もう一回行って話を聞きましょうかということになり、また行く。そして少し話を聞いた。

秋元神社

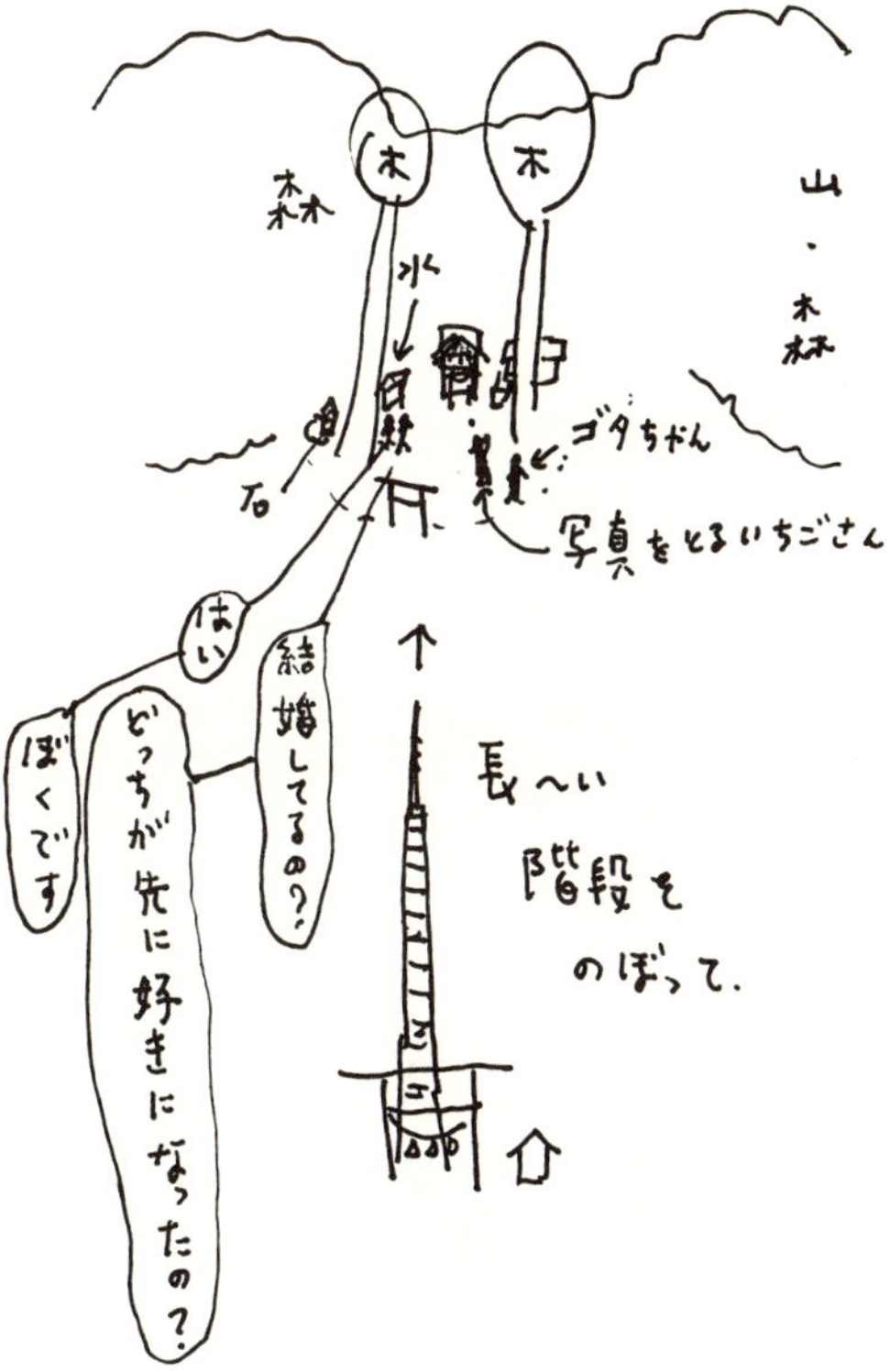

木
木
森
山・木林
水
石
ゴタちゃん
写真をとるいちごさん
はい
結婚してるの？
ぼくです
どっちが先に好きになったの？
長〜い
階段を
のぼって.

どぶろくも作って市場で販売してらっしゃるそう。また、友だちとお酒を飲みながら話してて「みつばちクラブ」（だったかな？）というのを作って、はちみつも採ってると楽しそうに言う。なんというか……肩の力が抜けていて……、キラキラした瞳の理由がわかったと思った。この人は人生を楽しみながら生きている。威張らず、何かを受け入れて、自然に。

このお庭からの景色も、森が広がり、静かでよかった。

そのあと、教えてもらった妙見（八代）神社に行く。この神社は御神体が「滝」なのだそう。滝そのもの。

行ってみると、まさに小さな鳥居の向こうに小さな滝が見えた。滝壺も小さな丸い池のよう。私は今までどうも神社（という建造物）に興味がなく、それよりも山や木や石や川や池や海など自然そのものの方が心改まると思っていたので、御神体が滝というのはいい。今後もし好きな神社は？　と聞かれたらここと言おう。

さっきご主人に教えられたのに見忘れそうになってあわてて引きかえして見たのは、小さな苔むした祠《ほこら》。そこには小さな石像が2体あって、亀の上にのっかってる。それは竜宮伝説に由来してるのだとか。暗くてよく見えなかったけど、確かに亀が下にいた。そっと手でなでた私たち。

地はちみつを買って、高千穂峡へと向かう。

お昼を「あららぎ乃茶屋」で。私はあたたかいお蕎麦にしたのだけど、他のみんなはおにぎりセットとかお蕎麦定食とかにしてたのでごはんやおにぎりがついていて、そのお米がすごくおいしかったのだそう。あとで聞いて、とても食べたかった。くやしくも残念。たまにとてもおいしいお米があるけど、炊き方やお水も関係するので、ものすごくいい条件が重なるのって意外と少ないと思う。本当にうらやましかった。

この時間、このお茶屋には他に誰もいなかったので、ちょっと寝ころがろうよと言ってごろんと畳にトドのように寝ころんだ。

落ち着く……。みんなも寝ころんでた。

「七福神みたいな気分……」と言いながらにこにこしていたら、壁に七福神の絵がズラリと飾ってあったので笑った。
そのあと、くしふる神社にも行く。長い石の階段。ここにも水が湧き出ていた。
だれもいない奥深い神社の境内。このおだやかで静かな4人は誰かが音頭をとらない限りいつまでも木の葉となってゆっくりと渦に巻かれているので、私が「じゃあ、行こうか」と声をかけて階段を下りる。
夕食は町の居酒屋「けんちゃん」へ。名物主人がいろいろ話を聞かせてくれておもしろかった。

最終日。

今日は天岩戸《あまのいわと》神社へ。ここは有名なとこだ。前に1回来たことがある。

橋を渡り天安河原《あまのやすかわら》にも行って、お土産屋さんで豆腐の味噌漬けを買って、東本宮へ。入口の機械仕掛けで動く天鈿女命《あまのうずめのみこと》像が少々笑えた。

それから近くの八大龍王水神社へ。ここにはなんだか行ってみたいと思ったから。

すると巨大な木が覆いかぶさっている一角が。それがそこだった。

うーん。なんかこの神社は様子が違う……と思ったら、鳥居の近くに木が生えていたり、小道に木の枝がはり出して通れなかったり、すごくジャングルっぽいのだ。

ふーむ。なんか好き……。とても好き。

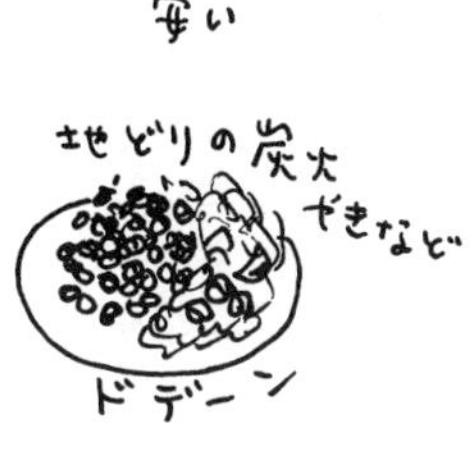
居酒屋けんちゃん
ものすごく量が多くて

と思いながら小さな境内を動いて回っていたら、そこに先客の女性2人が無人販売の何かを買おうとして小銭がなくて、書かれていた電話番号で関係者を呼んだみたいで、バイクに乗ったおじさんがやって来た。その後、その方がいろいろ説明をしてくださった。

まず境内の井戸のそばの木。

そこに女性を立たせて、「そこからその木を上まで見上げてください。何に見えますか？」と質問。考えあぐねていたら答えを言ってくれた。

龍。

「ちょっとなんとなく髭《ひげ》も見えるでしょう」

入口の巨大な木に人々は気を引かれるけど、この神社の肝は実はこの龍の木なのらしい。

私もそのあとそこに立って見上げてみた。

龍に……見えるような……、わからないような……。

で、この神社のジャングルっぽさについての言及も。

この神社、木をまったく触ってないらしい。抜いたり剪定《せんてい》したりしないで自然のまんま。

だからだ！　私が好きと思ったのは。この自然さ。自由さ。落ち葉もただ左右に掃き集め

るだけで、捨てないらしい。

その時！　実は私は、手に2枚の葉っぱを持っていた。

というのも、ある木の葉っぱが気になって、その葉を千切って匂いを嗅《か》いだりしていたのだ。いい匂いがしたから、それまでのどの神社でもそんなことしなかったのに2枚千切って匂いを嗅ぐために持って行こう～なんて思って。

その私の手の中の2枚の葉っぱを見たおじさんが、「だからこの神社の中のものは落ち葉1枚、外に持ち出してはいけないんです。それも置いて行って下さいね。落ち葉を拾って持ち帰った人がいるんですが、そういう人は必ずまた戻って来ることになるんですよ。きれいだから栞《しおり》にしようって持って帰った人がいたんですけどね」なんて言うではないか。

私はあわててその葉を地面にそっと置きました。

龍に見えるような見えないような木をもう一度見上げてから、そこを出る。何と言っても、この神社の自然な木の生い茂りが私はとても好きだった。

お昼は雲南橋の近くのレストハウス「雲海橋」でチキン南蛮。

そして荒立神社で木の板を7回叩き、山の中の静かな二上《ふたがみ》神社へ。ここでも長い長い石の階段を上る。

最後に国見ヶ丘へ。ここは雲海の名所らしいけど今は晴れ渡って見晴らしがいい。

さわやかな風、青い空と山。とても気持ちがよかった。

空港へ行く途中にポピーの咲くお花畑があったので「ちょっと見たい。5分ぐらい」と言ったら、飛行機の時間が迫ってるらしく山口くんが「3分」って。


どこもよかったのですが今回特に好きだったのは、幣立神社の奥の東御手洗、うのこの滝、秋元の妙見神社とその近くの大岩、八大龍王水神社、国見ヶ丘。

季節によっても、心理状態によっても、そのつど印象は変わるのでしょう。何度も訪れたいところでした。

熊野古道ぷらっぷら

ついにやってきました、熊野古道。

最初聞いた時、「熊の子道」「熊の鼓動」かと思ったけど違いました。熊野の古道でした。

熊野三山（熊野本宮大社、熊野速玉《はやたま》大社、熊野那智《なち》大社）に詣《もう》でるための道なのだとか。

時季は同じく5月中旬。

旅が続きます。いい季節ですからね。

熊の子の道？

熊の鼓動？
ドックン
ドックン

ノン！
熊野古道

5月….
いい季節…
なにしてもね…

メンバーは金時山と同じく、苦しい山が苦手な私と編集者ガッキー、山好きの菊地さんの3名。

天気予報では今日は「曇り時々雨」だったけど、来る直前に見たら「曇り」になっていたので、雨でも歩けるゴアテックスのカッパを出がけにリュックから取り出して家にポーンと置いてきた。折り畳み傘だけ持って。

羽田空港7時25分の飛行機で南紀白浜空港へ。8時40分着。そこからバスで1時間半かけて中辺路《なかへち》ルートの滝尻《たきじり》王子まで。

空は曇ってる。

着いて、バス停近くの熊野古道館で「熊野古道中辺路押印帳」を100円で購入する。

そのままお土産物をふら〜っと見ていたら気になるものが。

「蘇」の文字が焼きつけられた首からさげるミニ木札。「生きながら生まれ変わる黄泉《よみ》がえりの地、熊野」「古来から熊野は『蘇りの地』と言われてきました。それは『死の国』である熊野に入ることで、一度死んで魂を浄化し、熊野を出る頃には再生し、蘇ることを指しています」だって。

そうなんだ〜。買わなかったけど、ちょっといいなあと思いながらじいっと見た。

生きながら浄化して蘇る……。

蘇りかあ。

11時半、滝尻王子から出発。

この「王子」というのは熊野三山の御子神《みこがみ》を祀る祠のこと。中世にもっとも盛んで熊野九十九王子と称されたとか。王子をたどる旅でもあるのです。

王子様のことではないけど、私は勝手にイメージした王子様像を王子のたびに描くつもり。

まずは滝尻王子。この王子から熊野三山の神域に入るとされているらしい。さっき買った押印帳に丸いスタンプをギュッと押す。

押印帳　100円

滝尻王子のスタンプ

ネズ王子のスタンプ

ここから最初の30分ぐらいは「滝尻から歩き始める人は腰を抜かす」と評される急坂。空模様も怪しい。今にも降りだしそう。カッパを置いてきたのは失敗だったかも。

本当に苦しい登りだ。息が上がる。菊地さんは、また天狗のようにトントン登って行く。

しばらくいくと「胎内くぐり」の岩穴、そして「乳岩」と呼ばれる大きな岩屋があった。岩から滴《したた》る清水が乳に転じて赤子を養っていたといういわれがあるそう。そしてまた登り。苦しい……。

続いて、不寝《ねず》王子。ここまで20分。スタンプをぐいっと押す。

それからまだ登りが続いて、やっと下り。よかった〜。杉木立が続く幻想的な雰囲気だ。

登ったり下ったりを繰り返しながら進む。

針地蔵尊を越えたあたりからついに雨が降って来た……。傘をさして進む。

でも雨なのに嫌じゃない！　このすがすがしさはなんだろう……。さわやかで、暑くも寒くもなく、すごく気持ちがいい。

うすぐらい山道だけど怖くなく、うっそうとした木々なのに暗くなく、ひとっこひとりいないから静けさが胸に沁みる。ひとりの世界に入れる。

そして足元はぬかるんでるけど、ダナーの靴は水を通さない。

高原《たかはら》熊野神社の近くのきれいな休憩所で休憩。おにぎりを食べる。おやつもちょっと。

そしてまた霧雨の中を進む。「これより4時間人家無し」の看板。

池に出た。高原池。ここもまた幻想的。

大門《だいもん》王子、十丈《じゅうじょう》王子、小判地蔵と続く。

ずっと雨の中で、とても気持ちがよかった。3人ともそれぞれの世界に浸り、ひたすら歩き続ける。ボーッと、まるで催眠状態。いつまでも歩き続けられそうだった。

私は過去のいろいろな瞬間を思い出したりした。20年以上前の軽井沢の森の中で発したひとことを思い出したり。

まさしく今、生きながら生まれ変わろうとしているのだろうか……。

霧のような雨。掛け軸の墨絵の中にいるみたい。白いもやの中、木の幹のまっすぐな黒が美しく。

坂を下りて、大坂本《おおさかもと》王子。オレンジ色の沢ガニがちょこちょこ動いてる。そしてたまに踏みつぶされている。

箸折《はしおり》峠の牛馬童子《ぎゅうばどうじ》の像というかわいらしい像のところに来た。

雨もあがった。明るくなった。

もうすぐ今日のゴールの近露《ちかつゆ》王子だ。下る足も軽やかで、道端に花が咲いている。

雨なのに 嫌じゃない！
すがすがしく
さわやか

うすぐらく
シーンと
してる

静かな ひとりの世界
どこまでも 歩けそう

着いた！　5時50分。

6時間半。距離にしておよそ13キロ。

野中の宿「のなか山荘」の方が車で迎えに来てくれた。この民宿、名水「野中の清水」をすべてに使っているのだそう。宿には同じように古道を歩く年配のグループが数組。みなさん楽しそう。

疲れた体に1杯のビールがおいしかった。

苦しいほど幸せも大きいねとまたつぶやいたら、菊地さんが「そうでしょう」といいたげにニヤリ。

明日は5時起きなので、早く休む。


2日目。

5時起床、5時半朝食、6時半出発。

今日は継桜《つぎざくら》王子から熊野本宮大社まで、21キロ。お天気は素敵に、いい。

継桜王子を6時38分に出発。ここまで宿の方に車で乗せて来てもらった。

さわやかな青空の下、小広《こびろ》王子跡、熊瀬川王子跡と進み、峠のてっぺんに出たのが9時25分。

風が気持ちよかった。最高に……。

引き続き蛇形《じゃがた》地蔵、清流のせせらぎ、湯川王子、と続く。

11時半、またもや気持ちのいい杉木立。

11時50分、木漏れ日の静かな場所。緑のシャワー。プールの中にいるみたい。

猪鼻《いのはな》王子跡、発心門《ほっしんもん》王子、水呑《みずのみ》王子と、さわやかな道は続く。

実はこの道中、発心門あたりから7名のおばさまグループと一緒になった。その方たち、すごく大声で話してて、ベンチも占領するし、気になる。で、できるだけあのグループを避けようと思い、「早く歩こう！」と決めて熱心に進んだ。

でも軍団は健脚。油断するとすぐ後ろに迫って来る。なので後ろを振り返り振り返り、逃げるように歩を進めた。

気持ちのいい山里の道が続く。果無山脈、富士山みたいな形の百前森山《ひゃくぜんもりやま》が見える。

そして伏拝《ふしおがみ》茶屋。

そこでついに追っ手に追いつかれる。私たちはコーヒー（2人）、梅ジュース（私）をたのんで飲んでいた。そこへ軍団あらわる。

わかったことは、軍団は内部分裂しているということ。全体を取り仕切るドンがいて、コーヒーか梅ジュースか迷い、ひとりひとり聞けばいいものを、どういうわけかいきなり「コーヒーと梅ジュース、全員に両方！」とドンが独断で茶店のおばちゃんに注文した。おばちゃんもびっくりしていた。メンバーも皆、その乱暴さにハッとなったが、結局そういうことに。

私たち3人は早々にそこを出立した。そして「コーヒーと梅ジュース、全員に両方！」のドンの強引さについて長く、興味深く語り合う。

トカゲが時々ちょろちょろ顔を出す。天気がいいからか、きのう沢ガニ、きょうトカゲ。

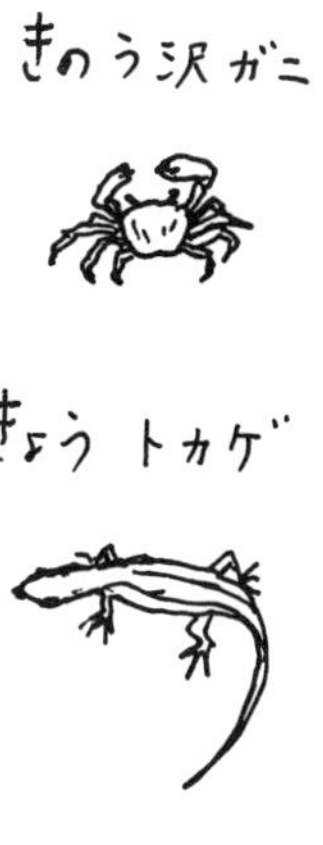

足もとの草花を楽しみながら1時間ちょい歩き、祓殿《はらいど》王子のあと、ついに熊野本宮大社裏、到着！

3時43分。

表にまわったら、真っ黒いヤタガラスがポストの上に。神武天皇が大和国に入る時に道案内したといわれる3本足のカラス、ヤタガラスはこの後の神社でもそれぞれのデザインで現れる。

熊野本宮大社はいい感じのしみじみとした建物で、しばらく見てから長い石段を下りる。

それからバスの時間まで、大斎原《おおゆのはら》という大きな鳥居を見て、真新しい木製の素敵な熊野本宮館（目が黄色く輝く木彫りのヤタガラスが迎えてくれた）で休み、バスに乗って（あの7人も一緒！）今日の宿のある湯の峰温泉へ。

宿まで一緒だったら嫌だなと思っていたら、中心部で7人が降りてホッとする。

私たちが泊まったのは中心から外れたところにある「湯の峯荘」。

実は熊野本宮館でバスを待つあいだ、一匹の黒いアゲハチョウがひらひらと飛んできた。

そして私の右肩に降り立ち、じりじりと横に移動して私の胸の上で止まり、そこからピクリとも動かなくなった。羽を見ると一部分が裂けていて、右の羽の先が縮んでいたので、もしかすると羽化したばっかりなのかもしれないと思った。

そのまま止まらせたままでバスに乗ったけど、ずっと動かない。となりの外国人の男性がそれを見て驚いていた。

蝶と共に旅する女……。

バスを降り、旅館への坂道を上っても、写真を撮るために手を動かしてナップザックの肩紐が当たっても、蝶は動かない。しょうがないので旅館の玄関前のツツジの植え込みに近づき、ツツジの花の近くに蝶を移した。それもようやっと。

部屋に入り、大浴場に行く。ふわ～っといい気分でひとり、露天風呂に浸かって空を見上げた。

木の葉に囲まれた空。

そこを黒いアゲハチョウがパタパタと横切った。

あら……、もしやさっきのアゲハチョウ……？　お礼を言いに？

蝶と旅する女

ほら、
ここへ… 移って…
ツツジ

いい きもち…
パタパタ
ああっ！

「湯の峯荘」というこの旅館は好きだった。建物は古かったけど料理がおいしかった。どれもきちんと丁寧に作られていて、やさしい味。また来たいと思った。

お水がおいしいせいか、焼酎の水割りがとてもスルスルと爽やかに喉を流れていき……、飲みすぎました。

3日目。

朝食をおにぎりに代えてもらって早朝出発。名物の温泉がゆ、食べたかったけど。

宿で玉子を3個買って、湯の峰温泉の中心部で温泉玉子を作る。熱いお湯がぼこぼこ湧き出てる茹《ゆ》でるための四角い場所があるのです。

「玉子などを取られないように」と注意書きが書いてあった。取る人がいるんだね……。

宿のおじさんが言うには、お湯に浸ける時間はだいたい8分から10分とのこと。

硬くなったら嫌だと思い、早めに7分30秒ぐらいであげてもらったら早すぎた。裏の山の湯峯王子の石段でおにぎりと一緒に食べたんだけど、白身がゆるゆるだった。ごめん、みんな。

「つぼ湯」という小栗判官が蘇生したと伝えられる天然の岩風呂も見て、熊野本宮へ向かう。

山を登って、また息が上がり、鼻欠地蔵（鼻どころか顔も欠けてました）を見て、下りて、3・4キロ。1時間ちょっとで本宮大社前バス停に着いた。

そこからバスに乗り、熊野川舟下り乗り場へ向かう。すると、湯の峰温泉でまたあの7人軍団がバスに乗り込んできた。

まさか！　行先も同じ？　やはり、舟下りだった……。同じ時間の。

でも舟は2艘あり、軍団とは同じ舟じゃなかったのでよかった。旅好きそうなご夫婦と同舟。

舟下りは気持ちよかった。説明を聞きながら青い川を下る……。

「今日は水が澄んでいますね。ダムの放流のあとだと茶色になるんですよ」と。

川でも海でも舟は気持ちがいい。風がね。

1回、舟から岸に降りて大きな白い岩に上ったりもした。白い「骨嶋」というところ。

7人軍団が促されて石投げをしてらした。

興味深く説明を聞きながらの1時間半の舟下り。見上げる雲の形もちょっと変わって見える。

終わり近く、川幅の広いところで軍団の案内役の方の横笛を舟同士並んで聴き……。楽しかった。

熊野川下り、佳境、
横笛をきく!
舟を横づけて、
川のまん中で!
ピ〜ヒャラ〜
なんというか、
ことばもなく
無言で

ナギの葉っぱももらった。ナギというのは熊野速玉大社の御神木「梛《ナギ》の木」で、横に裂けないことから男女の縁が切れないようにというお守りになっているのだとか。なるほどね～(でも、横には裂けないけど縦には裂ける)。

お財布に入れとくといいよと言われ、そっとお財布に入れました。

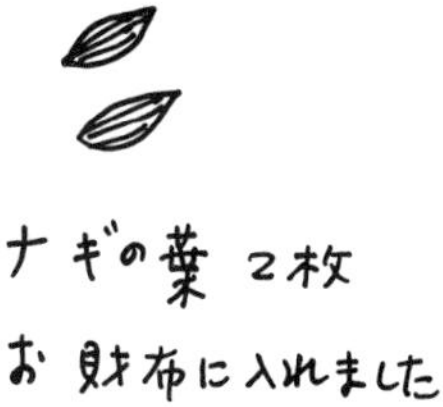

11時半に川岸に着いて、近くの熊野速玉大社まで歩いて行く。途中、半分凍ったみかんの「まるしぼりジュース」を買って搾り出して飲みながら歩く。おいしかった。

熊野速玉大社をちょろりん～と見て、新宮駅へと歩く。途中道に迷ったりしながら。

そして駅前で名物のサンマ寿司を買ってバスの中で食べて那智駅へ。

引き続き、那智駅から熊野那智大社まで7・6キロの歩きだ。ノンストップです。

1時40分歩き開始。

浜の宮王子、補陀洛山寺《ふだらくさんじ》を見てから、トロトロと歩く。

3時5分に市野《いちの》々《の》王子に着いた。小学生の男の子がふたり、向こうからやってきて手に何か水辺の生き物を入れた容器を下げている。その子がどこかへ行って、残りのひとりに聞いたら、イモリだという。

「イモリってどうやってつかまえるの？」と聞いたら、困ったようになって「ちょっと急いでるからゴメン！」と言って先の方にいた誰かのところへ駆けて行った。わざわざゴメンって断るところがかわいい。

ずっとなだらかなわずかな上り坂だったけど、大門坂入口を越えたあたりから長い石段になる。足が痛い。足の裏がジンジンする。

行けども行けども坂。

どこからかすがすがしいみかんの匂いがする。

石段が終わったと思ったら、次はコンクリートの階段、何度も折れ曲がってさらに上へ。

お土産物屋が並んでいるけどゆっくり見る気力がない。

那智黒石でできた置物がたくさんあった。店内はほとんどその黒一色。黒いヤタガラスの置物があってちょっと心惹かれた。黒いサルもいた。碁石用にまるくりぬかれた那智黒石と蛤《はまぐり》がぶら下がっていた。


やっと熊野那智大社に到着。バンザーイ。

見晴らしがいい。お清めの護摩木《ごまぎ》100円、というのがあったので、1本買って目の前の火にくべたら勢いよく燃えた。

遠くに細い那智の滝を見て記念写真を撮る。近くまでは行かなかった。

今日の終わりのお祝いに、バスを待つあいだカンビールで乾杯する。


バスで那智勝浦へ。ぐったり疲れた……。

ホテルの最寄りのバス停で降りて、迷いながら「勝浦観光ホテル」へ。

余りの疲れに体中が痛い。それでもがんばって大浴場に行き、夜はタクシーで町の小さな居酒屋「桂城」へ。

マグロの解体ショーをやっていた。隣の席の地元のグループの方からマグロのクリスピー揚げをいただく。解体したばかりのマグロのぶつ切りが回って来たけど、大きく切られていて、色がとても赤黒くて、マグロの刺身も注文してたし、隣からもまたマグロをいただき、3皿も赤黒いマグロがテーブルに……。マグロのトロカツはおいしかった。

帰りはホテルまで歩く。部屋は荷物を出しっぱなしで散乱。最後に詰めればいいや。

夜、体が痛くて寝返りもできないほどだった。


最後の日。今日はほとんど移動だけ。

8時54分の那智勝浦発の電車。売店で朝食にめはり寿司を買う。三社回ったと言ったら売店のおばちゃんに「ありがとうね」とお礼を言われた。そういえば、この旅で会う人会う人、みんないい人だった。

白浜に着き、お土産屋さんをのぞく。温泉のお湯がつるつるしててよかったなあと思っていたら、なんとか温泉水というのがあった。大小。小さいのは650円。迷った末、購入。使うたびにこの旅を思い出せるだろう。

タクシーで空港へ。タクシーのおじさんと話す。滝尻から歩いて三社回ったと言ったら、「次は四国八十八ヶ所ですね」なんて言われる。

「四国八十八ヶ所ほど歩きたくないところはない」と私。大変そうだから。

時間があったので空港の売店をのぞく。

せっかく紀州に来たので梅酒でも買おうかなあと思う。パンダかまぼことみかんジュース

滝尻急坂。

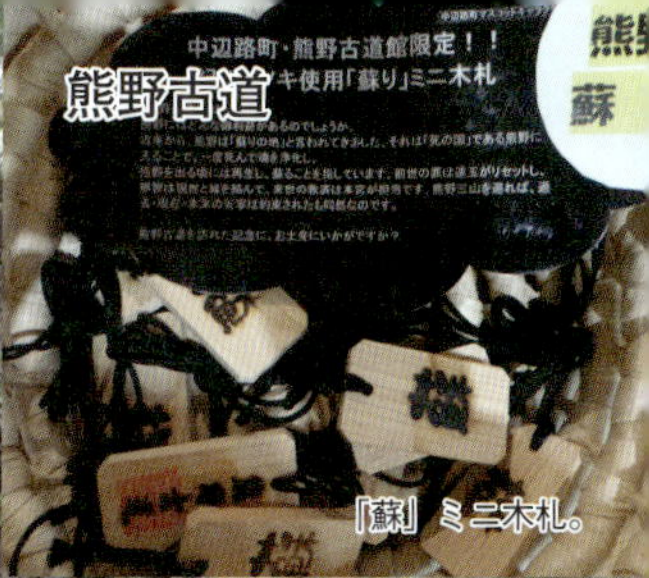

「蘇」ミニ木札。

女性がここをくぐれば安産になるという「胎内くぐり」の岩穴。

乳岩。

杉木立が続く幻想的な雰囲気。

雨なのに嫌じゃない。このすがすがしさはなんだろう。

静けさが胸に沁みる。霧雨の高原池。

ひとりの世界。

催眠状態でひたすら歩き続ける。いつまででも歩けそう。

沢ガニがちょこちょこ。

大坂本王子。

雨あがる。箸折峠の牛馬童子。

そのかわいらしいお顔。

2日目の朝、7時30分の景色。晴天。

9時25分、峠の上に出る。風が気持ちいい。

清流のせせらぎ。

蛇形地蔵。

緑のシャワー。

かたわらのお地蔵さん。

猪鼻王子跡。

方向を示す看板とスタンプ台。

途中あった木彫りの小屋。

山里の道。人家が出てきました。

富士山みたいな形の百前森山。

こんもりとした木々。

本殿に続く神門前で。

熊野本宮大社裏、到着！

ポストの上にヤタガラス。

参道にはたくさんの旗が。

亀石。

鳥居の
ヤタガラス。

大斎原の大鳥居。

横顔もかわいい。

熊野本宮館の入口。
木彫りのヤタガラス。

かわいい。

上から見たところ。

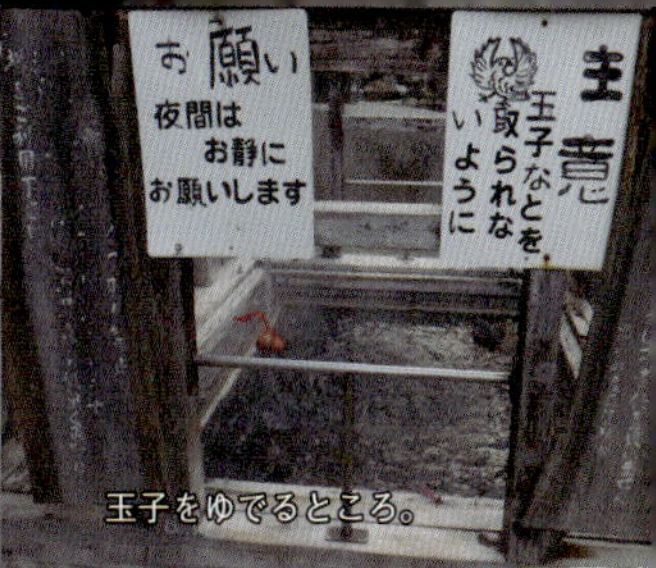
お願い
夜間は
お静に
お願いします
玉子などを
取られな
いように
玉子をゆでるところ。

鼻欠地蔵。鼻どころか顔もすっかりない。

熊野本宮館外観。木製の素敵な建物だった。

もくもくと登ったり下ったり。

水よけのシートを膝にかけて。

これから熊野川舟下り。

きれいな色。

石投げをしている７人軍団。

「骨嶋」の上でバンザイ。

ナギの葉。

那智駅から熊野那智大社まで歩きます。

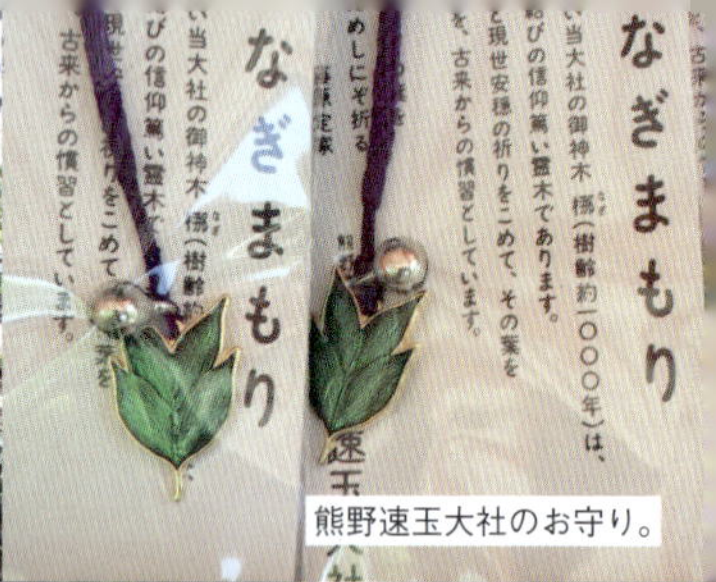

熊野速玉大社のお守り。

大好きなニオイバンマツリ。いい匂い。

長い石段。

お土産物屋さんは
那智黒石の置物だらけ。

サルなど動物も。

ヤタガラスの置物。

碁石を丸くくりぬいた跡。

まだまだ上る。

お清めの護摩木100円。よく燃えた。

熊野那智大社、到着！

遠くに那智の滝が見えます。
細々と。

赤黒いマグロ。

マグロの解体ショー。

朝食に駅の売店でめはり寿司。

トロカツ。
おいしかった。

パンダかまぼこ。
目や耳の黒い色は紀州備長炭を使用だって。

も入れて４０００円ちょいだった。そのあと菊地さんも同じ梅酒と何かを買って４０００円ちょっと。そして会計の時に「化粧水、使いますか？」と、私がさっき白浜で６５０円で買ったのと同じのをもらったという。

「これもらった」と見せるので、

「えええっ！　それさっき６５０円で買ったよ！」

「ちがうんじゃないですか？　試供品とか……」

「ううん。おんなじ。ほら！」と見せる。まったく同じ。

「ホントですね」ふたりとも驚いてる。

「どうして私にはくれなかったんだろう……」と私は大ショック。「人を見たのかな？　若い人だけにあげようとか……？」などと私はいろいろ想像し、悲しい。

諦めきれず、もしかしたら忘れていたのかも、今行ったら、あ、さっきオマケあげるの忘れてたわって言ってくれるかもと思い、みかんジュースを飲んだ空きビンを持っていって、「ごちそうさま。これ、どこに捨てたらいいですか？」と聞いてみた。「あ、向こうの分別ゴミに」とのこと。

捨てに行く。……コトリ。

ずっと心で悲しくぐちぐち考える。

せっかく蘇ったのにこんなにぐちぐち。
あ、小人間に蘇ったんだったりして。
心の小さい人に蘇り!?
蘇って、ひとまわり小人間になりました……。

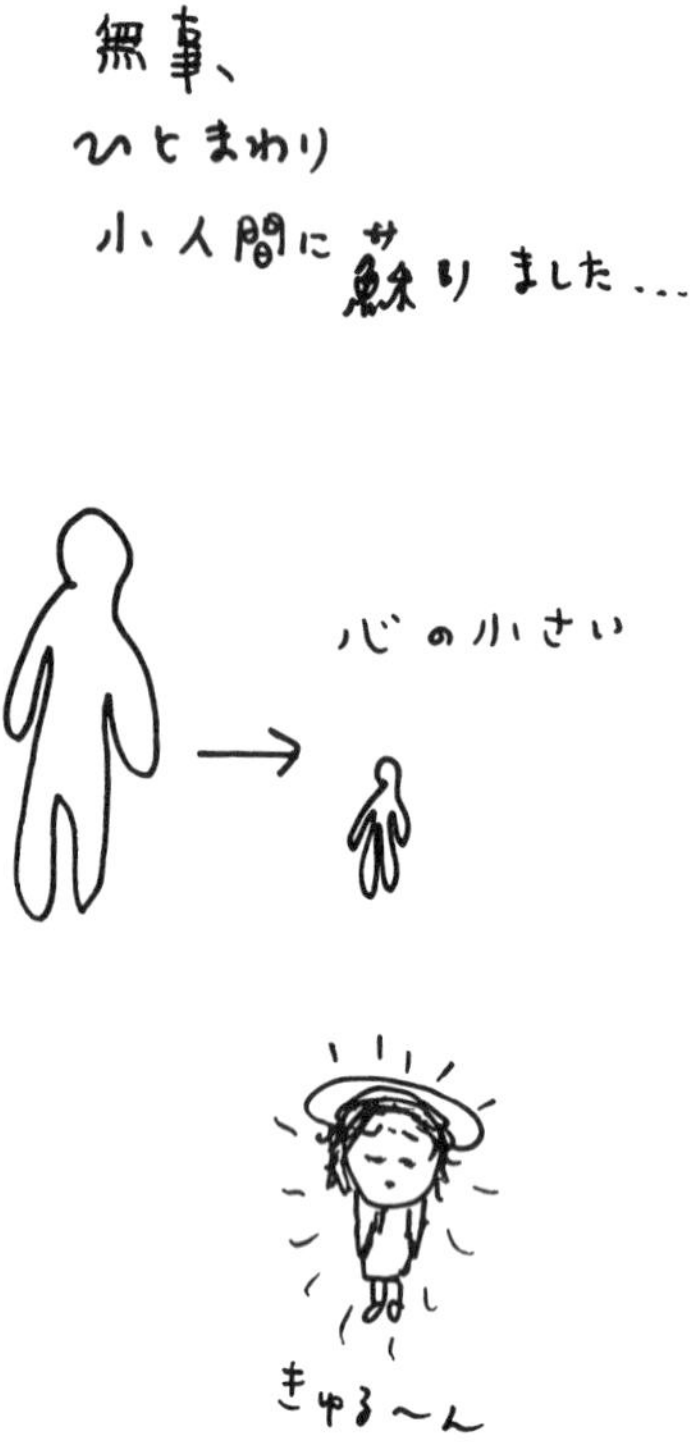
無事、
ひとまわり
小人間に蘇りました…
心の小さい
きゅる〜ん

化粧水
650円
帰ったら、
案外、思い出さない

内田篤人
この冬は
一緒に
いよう。
幻冬舎文庫
冬の読書フェア
最新刊

赤い三日月
小説ソブリン債務（上・下）
黒木 亮

新興国をめぐる米・中の激突！

邦人バンカーが挑むトルコ経済救済のためのシンジケートローンの組成。その驚くべき結末とは？　巨大銀行と国家の暗闘、新興国の債務管理の実態を迫真の筆致で描く超リアル国際金融小説。

各650円

十二単衣を着た悪魔
源氏物語異聞
内館牧子

『源氏物語』に革命を起こす。男女の機微を描いたエンタメ超大作!!

光源氏を目の敵にする皇妃と、現代から『源氏物語』の世界にトリップしてしまったフリーターの二流男が手を組んだ……。愛欲と嫉妬、男女の機微を描き切ったエンターテインメント超大作。

770円

ぷらっぷらある記
銀色夏生

ぷらっぷら歩くように生きる。

この世の中を、人生を、ぷらっぷら探検する「ぷらっぷらクラブ」を心の中で結成。メンバーは、のんびりした平和な感じの人たち。鎌倉、金時山、熊野古道、木曾駒ヶ岳などをぷらっぷらした紀行。

書き下ろし

600円

神様長屋、空いてます。
新大江戸もののけ横町顚末記
高橋由太

管理人は、福助人形？　借金まみれの神様が大騒ぎ！

「もののけ横町」のはずれにある「神様長屋」。住人は呑んだくれの神様ばかりで、管理人の福助は頭を抱える毎日。とうとう長屋を追われた面々は、江戸の町で町おこしを手伝うことになるのだが——。

書き下ろし

460円

相田家のグッドバイ
Running in the Blood
森 博嗣

私小説の姿を纏った告白の森ミステリィ。

紀彦《のりひこ》にとって相田家は普通の家庭だったが両親は変わった人だった。やがて紀彦にも子供ができ、両親が死に、母の隠したヘソクリを次々発見……限りなく私小説の姿をした告白の森ミステリィ。

580円

くじけてなるものか
笹川良一が現代に放つ警句80
工藤美代子・編著
悪名高い"昭和の傑物"が、"当たり前"を捨て去った日本人に喝!
500円

おばあさんの魂
酒井順子
おばあさんが持つ力とは、何なのか。全ての女性必読の書。
540円

旅者の歌 始まりの地
小路幸也
「東京バンドワゴン」の著者が紡ぐ"絆と愛"。一大叙事詩、開幕――!
770円

アイミタガイ
中條てい
面倒だと思ってた人付き合いも、案外悪くない。心温まる傑作小説。
600円

天帝のみぎわなる鳳翔
古野まほろ
航空母艦『駿河《するが》』連続殺人に軍楽少佐が挑む!!
1030円

大いなる時を求めて
梁石日
大ベストセラー『血と骨』前夜の物語。
600円

敬恩館青春譜 二
青葉耀く
米村圭伍
時代小説文庫
落胤暗殺計画は若者たちを大激闘へ。人気シリーズ第二弾。
770円

幻冬舎アウトロー文庫

ありがとうございます
内田裕也
オリジナル
各界の偉人達へ、尊敬と感謝の念を込めて。ロックンロール!!
540円

バブル獄中記
長田庄一
無学・無一文 金融界の風雲児、不屈の精神を記す。
580円

寝取られる男
草凪 優
書き下ろし
僕の前で、彼女を抱いてもらえませんか?
600円

誰が永山則夫を殺したのか
死刑執行命令書の真実
坂本敏夫
死刑囚の"最期"を曝し、元刑務官が死刑制度を問う。
690円

続・職務質問
東京下町に潜むワルの面々
高橋和義
書き下ろし
泥棒、ヤクザ、シャブ中、性犯罪者……悪と戦い続けた元警察官が激白。
650円

少年院で、大志を抱け
吉永拓哉
自由ナシ、楽しみナシも、人情アリ……。超リアル少年院ライフ!
600円

幻冬舎文庫 最新刊

ドリームダスト・モンスターズ
白い河、夜の船
櫛木理宇

事件の謎を解くカギは、夢の中にある。

悪夢に苛まされていた晶水は、他人の夢に潜る「夢見」能力をもつ壱に助けられる。壱の祖母が営むゆめみ屋を、今日も夢に悩むお客が訪れる。壱と晶水は厄介な夢を解けるのか。青春ミステリー。

書き下ろし

600円

けむたい後輩
柚木麻子

「わたしは特別」が、壊されるとき――。

元・作家の栞子、美人で努力家の美里、誰よりも才能を秘めた真実子。名門女子大を舞台に、プライドを持て余した3人の女性たちの嫉妬心と優越感の行き着く先を描く、胸に突き刺さる成長小説。

580円

晴れときどき涙雨
髙田 郁のできるまで
髙田 郁

挫折の先に人生は在る。あなたに伝えたい言葉がここにあります――。

人気時代小説作家の、優しく温もりに満ち溢れた作品の源流は、ここにあった!! 震災や交通事故など、艱難辛苦を乗り越えて、手にした希望とは――。文庫版あとがきを加えた初エッセイ集。

460円

剣客春秋親子草
面影に立つ
鳥羽 亮

時代小説文庫

行く手を阻む者は女子供でも容赦せず

島中藩の藩内抗争に巻き込まれた彦四郎は、梟組という謎の集団が敵方に加わり、里美や花も標的にされていることを知る。敵の真の狙いは? 仁義なき戦いの行方は? 人気シリーズ第三弾!

書き下ろし

580円

幻冬舎 〒151-0051 東京都渋谷区千駄ヶ谷4-9-7 Tel. 03-5411-6222 Fax. 03-5411-6233
幻冬舎ホームページアドレス http://www.gentosha.co.jp/

このスタンプが

いちばん かわいかった

王子の絵

それぞれの王子の前で描いたイメージイラスト

大門王子

滝尻王子

不寝王子

重點《じゅうてん》(十丈)王子

大坂本王子　4:40

継桜王子
牛馬童子王子
熊瀬川王子
湯川王子
猪鼻王子
水呑王子
祓殿王子

浅草ぷらっぷら

5月下旬。

浅草好きの友人、伊集院くん（以下ジユウくん。なんかこの人、自由なんだなと思ったので）と浅草を歩きます。

4時にジユウくん指定の待ち合わせ場所、浅草文化観光センター8階の「ミハラシカフェ」へ。

ここは新しい建物できれい。外に向かってカウンターがあって、そのいちばん端っこにジユウくんが座ってパソコンでなんかやってた。私が着いたら、「いちばんいい席をお譲りします」と言ってその席を譲ってくれた。見ると、浅草寺に向かって仲見世通りがずーっと伸びているのが上から見える。

「いつもここで論文を書いてたんです」

近況などをちょっとしゃべる。

ジユウくんは去年の秋、大学院の卒業論文を書いていて、先のことも決まっていなくて浮き草のような気持ちだったとき、浅草の古い小さなカフェで本を読んだり、この町に住む人々の姿を見ることで心を支えられていたのだそう。

「浅草に救われていました」と言う。

そうなんだ。

じゃあ散歩しよう、と外に出る。

その前にカフェの奥の展望台からスカイツリー方面を記念写真。ジユウくんに撮ってもらったら私の頭の上にアサヒビールのビルの金色のがくっついてるように写ってた！


空模様は曇り。天気予報では雨が降るか降らないかという感じで、傘は持ってこなかった。

仲見世通りの脇の道を通って、途中から仲見世通りを通って浅草寺へ。修学旅行生や海外からの観光客などたくさんの人で賑わっている。

浅草寺のおみくじが目に入ってきた。

「……私は普段おみくじって引かないんだけど。信じないし。でも今日は記念に買ってみよう」

と100円を入れる。そして金属製の六角柱をガシガシと振って、穴から1本のぞかせて番号を読む。

六十二番だった。六十二番と書かれた小さな引き出しを開けて、紙を1枚取り出す……、大吉。

なんと。すべてがいいと書いてある。

願望、叶う。病気、治る。失物、出てくる。待ち人、現れる。新築・引越、問題ない。旅行、良い。結婚・付き合い、すべて良いでしょう。運が開き、名が知れ渡り、幸運が与えられ、繁盛する。

おみくじとはいえ、ここまでいいとテレますね。つい「こんなになにもかもがいいはずないだろう」と皮肉な気持ちがわき起こる。あとで聞いたところによると、浅草寺のおみくじは凶の割合が多いことで有名で、「下町のロシアンルーレット」と呼ばれることもあるのだとか。

「凶が意外とおもしろいことが書いてあるんですよ」と、ジユウくんが引き出しをいくつか開けて凶を探してる。いいの？　そんな、開けても。

凶があった。

見ると、「牛に尻尾をつけると失うになり……」など、確かにヘビや動物を比喩的に使っておもしろいことが書いてあった。

なるほどね〜と、次に真ん中のお線香を焚《た》いてるところへ。

人がたくさん群がっている。

「私、お線香の煙の匂いが大好きなの」

そういって隙間からクンクン嗅ぐ。今日は風が強いので、線香があっという間に燃え尽きてしまうようだ。下の紙の部分しか残ってない。

簡単に拝んで、脇の建物や庭を歩く。


うらびれたような商店街や細い裏道。食堂のショーウィンドウのサンプルはかなり年季が入っている。

そういう折れ曲がったような、くったりとした色の落ちた食品サンプルが好きなので写真に撮る。時の流れを感じるの。

「こういう喫茶店でずっと論文書いてました。落ち着くんです」と昔っぽい茶色の喫茶店を示す。

言問《こととい》通りを越えて吉原があったあたりまで歩く。

吉原神社に入ったら、そこに新聞の切り抜きが貼ってあって幽霊の話が書いてあり、前に来た時にそれを読んだというジユウくんはお化けがとても怖いので、さっきから完全に固まっていて口数が少ない。そして神妙に拝んでいる。

そこを出て、「街路樹も柳なんだ……」と言ったら、柳にさえも反応し、「柳の話はもうそれぐらいで……」とびくついていた。

それから向島に行きたいと思い、隅田川の方に進む。だんだんに元気を取り戻したジユウくん。

私は自分の興味のないことはどんなに見ても聞いても身につかない。なので歴史や政治や経済にはとんと疎《うと》い。門構えの新しいお寺の前を通ってしばらくしてから、ジユウくんに「お寺と神社ってどう違うの？」と聞いてみた。するとざっと教えてくれた。神社は神さまが祀ってあってお寺はインドから来たお釈迦様を祀ってるところだけど、一緒になってるところもあるとかなんとか。

「ちょうど今、そういうお寺と神社の本でてますから読んだらいいですよ」

「でも、そういう本ってその書いてる人の考えを聞かされるんだよね。それ信じていいのかどうかって思う……。諸説ありそうで」

「そう。だからいろいろな本を読むんですよ」

「何十冊も何百冊も？　それを思うと読む気がしない……」

それほど知りたいわけじゃないからだね。

興味があるものってなんでもおもしろいし、知っていく過程がワクワクする。そういうものがあるって大事というか、すごくうれしいことだなあ。

隅田川にかかる桜橋と向こうにそびえたつスカイツリーの景色を見て、「ここ、いいですね」と嬉しそう。

桜橋を渡り、小さな小物屋さん「まねき屋」があったので入る。かんざしや手ぬぐい、扇子など和の小物。ふんふん……と見ていて、記念に何か買いたいなと思った。髪を結んだ時にさすかんざしにしようかな。丸くてシンプルなの。

べっ甲にトンボの絵が描いてあるのがいいなと思った。お値段もそう高くない。扇子も何気に見ていたらお店の方がいろいろ説明して下さった。上品な方で、話し方に不思議な雰囲気がある。引きながら満ちる潮のような、いつまでも話が止まらず、どこで終わるのかわからず、そして聞いているのも不快ではなく、いつまでも聞いていたくなるような。奇妙な時空間の中で、コウモリ柄の扇子を購入。

ホーッ。

そこを出てジユウくんと「不思議な人だったね……」。引き込まれたね、妙に」としみじみ感想を言いあう。おもしろい方だった。また行きたくなる。

だんだん夕方になってきたので浅草の方へ戻る。夕暮れの牛嶋神社が端正にうす暗く迫り、隅田公園もうす暗かった。池をのぞき込む人。静かにベンチに座っている人。

「この公園、男性ひとりで来てる人が多くてめずらしいね」

「ここに住んでいる人ですよ」

「え?」

ホームレスの人?

そうか……。

ジユウくんが時々「ああ、いいですね～」とか「こういうところに住みたいなあ」と思わずつぶやく場所があって、木の向こうに高速道路やビルなど人工物が見えるところ、古いビルが連なる三叉路の裏道、町工場の2階部分の住居(洗濯物が干してあって「ああいうところ住み心地いいと思いますよ」)など。私がなんとも思わないところを見て「いいなあ～、いいなあ～」と言うのでおもしろかった。「駒形って地名、いいなあ」とか。

うす暗い水門が目の前に急に現れた時なんて、「あっ!」なんて息をのんでたし。「あの信号、舟用ですよね」なんて。私は気づきもしなかった。その時私が見ていたのはコンクリートの塀の前のアオサギだった。

顔に見える建物の横を通って、
アサヒビール本社の前に近づいたら
お相撲さんもいて気分もあがった。黄色い着物を着てた。
吾妻橋のたもとでまた記念写真。
今、6時37分。2時間半の散策。
そしてこれからどぜう鍋「駒形どぜう」へ。今、外観を改装中らしく、外壁は見えなかった。隣のビルはバンダイでアンパンマンやドラえもんの人形が並んでいたので一緒に記念写真。

ついにどぜう鍋。戸を開けると広い座敷に座布団。公民館や体育館のように床に座る。店の照明も橙色で温かく、とてもなごむ。
どぜう鍋はおいしかった。すでに煮込まれて出て来たので気持ち悪さもなく。すき焼きみたいな甘醤油味で。ごぼうとねぎをどっさりのせて炭火で。なんか楽しい。
そこで私は最近の心境を語った。
ぼんやりと漂うように、ただ目の前のことに溶け込むように日々を暮してる、というようなこと。急ぐような気持ちが全然なくなっちゃったんだよね〜、よかったわ、って。

どぜう鍋

小さなお鍋の
中に
みっちり

六代目当主渡辺孝之さん
のつぶやきの最終回。
倅の、
「これを中止したいという考え
のために、」という一文が
とても好きだった。

本当に正直に書くと
こうなるという言葉
だと思う。

帰りに、置いてあった「どぜう往来」という丁寧な作りの小冊子をいただく。読んでみたらこの本、六代目当主が年4回30年続けて発行してきたものらしい。「このたび倅《せがれ》が社長になって、これを中止したいという考えのために、この百十八号でいったん終了とさせていただくことにしました」と。ふうむ。歴史ですね。続いたことも終わるのも。

そのあと、近くのジユウくんお気に入りのスカイツリーがよく見えるカフェへ。雨が降りだしたので外の席はクローズされていたけど外がいいんですよと言っていた。

去年の冬モロッコに旅行した話とか、高野山の宿坊に泊まった話を聞く。そういうの聞いてて、この人は自由な人なんだなあと思った。心がボヘミアンっぽい。最近、能を習い始めたそうで、風呂敷に包まれた教本と扇子をうれしそうに出して見せてくれた。興味あることがいっぱいあって仕方ないらしい。好奇心が強いのが私たちの共通点。

「でも好奇心は猫を殺すっていいますよね」と困ったように笑うジユウくん。

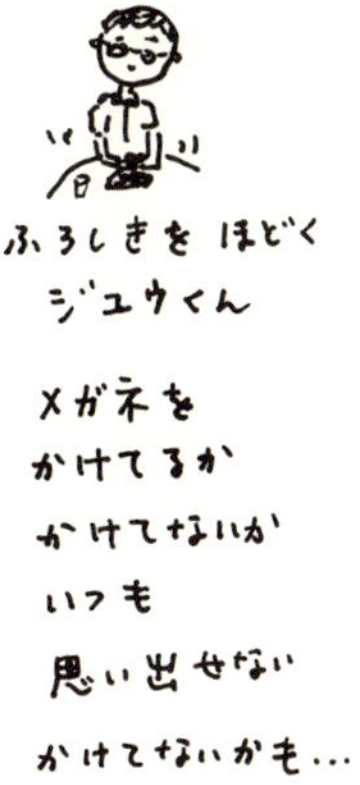
ふろしきを ほどく
ジユウくん
メガネを
かけてるか
かけてないか
いつも
思い出せない
かけてないかも…

浅草で人の顔を何十年も撮り続けている写真家がいて、「その人の写真集をお見せしたいと思って持ってきました」と見せてくれた。ちょっと危なそうな人、やさぐれた人、男になったり女になったりしてる人、さまざまな人がいた。でもどの人の顔にも人生がにじみ出ている。こういう人たちがとても好きなんですという。

そして、職業や立場に関係なく会ってくださる人はうれしいみたいなことを言って、私はそういうことに関係なく誘ったりしてるので、私との関係もありがたいと思っているのだそう。私は職業や立場抜きのただの人と人同士として会える人じゃないと友だちになりづらい。

降りだした雨の中、またねと手を振る。また散歩しようね〜。

ぷらっぷらクラブに入んないかと勧誘もしました。特に集会とかはないんだけどさ。

(「好奇心は猫を殺す」猫には九生あるという。そんな猫ですら持ち前の好奇心が原因で命を落とす事がある。過剰な好奇心は身を滅ぼす。……だって。帰って意味を調べましたよ)

すずらんの丘ぷらっぷら

どこかいいとこないかなあ〜と調べていて、ふと目に留まった「100万本のすずらん群生」を見に行く日帰りバスツアー。

すずらんが自生してるのだそう。そんなとこがあったんだ。入笠山《にゅうがさやま》。しらない山だ。

1000円のミールクーポン付き6600円。帰りに温泉つき。バスツアーなら便利かもと思い、カーカを誘って行くことにした。すずらんが咲くのは6月なので、6月11日水曜日を予約。6月か。雨じゃなきゃいいけど。

当日。天気は曇りのち雨。梅雨まっただ中だった。ゴアテックスのジャケットと傘を準備する。カーカには山の上は寒いから長そでを持ってきてと言っといた。

朝7時10分、新宿都庁前の高架下集合。私はタクシーに乗って都庁前まで行った。都庁の建物の前に着いたところ、ひとっこ一人いない。どういうことだろう。もう7時10分なのに。そこへカーカから電話で、「どこにいるの？」と聞いたら「集合場所だよ。バックパックかついだ人がいっぱいいるよ」「そこだわ。そこどこ？」。

で、結局、私は都庁の第一本庁舎の前にいることがわかった。その1本新宿寄りの都議会議事堂前の高架下に行かなくてはいけないのだった。ぐるりと回って進むと、カーカがいた。バスもたくさん並んでる。人もいるいる。よかった。

いくつかのバスツアーの人がいるみたい。登山の格好をした人たちがいて、たぶんこれだ。お年寄りや老夫婦、おばちゃん軍団、山ガール。

私も雨が降らなかったら入笠山に登ろうと思ってるのだけど。でも、カーカったら短パンなんかはいてる。上は薄い長そでだけど、短パンなんてどうだろう。寒いかも。

バスが何台かいて、奥でゴーンなんて音がした。何だろうあの音……。

しばらくしてバスに乗り込む。入口に紙が貼ってあって、座席のところに各自の名前が書いてある。私たちは左側の後ろより。でもわりと空いていて、隣の席にも前にも人はいなかったので荷物を隣にのせた。

普通のバスだった。ゆったりした高級バスじゃなかった。

「普通のバスだね……」と言ったら、「うん」とカーカ。

7時半の出発時間になっても出発しない。するとしばらくして運転手さんが「ちょっと柱にぶつかって、事故処理で一筆書いてたので出発が遅れてすみません」と言う。あら、さっきの音……。

そして出発。添乗員さんはつかず、運転手さんだけ。

まわりは見てないけど、みなさんとても楽しそうにおしゃべりしてる。右後ろには山好きな女性ふたりが今まで行ったところの画像を見てあれこれ話してる、後ろの女性5人組は大声でしゃべり続け、笑ったりしてる。

ＭＲＩの話、タオルの柄の話、たけのこはどの種類が一番おいしいかって話……。ああ。私たちは黙ってるので、それらのすべてがくっきりと耳に入りこみ、私の頭や心にいろんな像を結ぶ。まるでその人たちの中にいるようなリアルな感覚。どんどん気が沈んでくる。

「なんで申し込んだんだろう……」とつぶやく。

私は作ってきた鶏ごぼう炊き込みご飯のおにぎりを2個食べる。

カーカは寝不足なのですぐに寝はじめ、1時間後の談合坂サービスエリアでの休憩にも起きず、私もそのあたりから寝て、それから1時間半後の10時半に到着した。

富士見パノラマリゾートゴンドラ山麓駅。

ときどき雨がちらついたけど今はどうにか曇り空。寒い！

「カーカ。寒いよって言ったよね。そんな短パンで」

「ジーパンにしようかなって思ったんだけど、歩きにくいかなって思って……」

荷物はバスに置いていけるのでお風呂用のタオル類は置いていく。

ゴンドラに乗る。小学生の遠足なのか、子どもたちが列になって並んで座ってる。

「遠足かなあ。雨の遠足ってあったよね。嫌だった。濡れて」と言ったら、「でも楽しそう」。長い長いゴンドラだった。一気に700メートル上がり、標高1780メートルの山頂駅に着いたら、外は霧で白く、そしてますます寒い。

「カーカ。……寒いんじゃない？」

「ううん。大丈夫」

やせ我慢か。

お昼のレストランの券があるのでどこで使えるのか知っておこうと思い、そこにあった建物の2階に上がったら広い食堂みたいだったけど誰もいなくて、使ってないようだった。開店前なのかな。この券が使えるのはどこだろう……。

外に出て霧の中進むと、立て看板の前に男の人が立っていたので、「すずらんのお花畑はどこですか？」と聞く。「こっちにいって電波塔の前を左に入ってください。まだ咲き始めですけどね」という答え。

まだ咲き始めなんだ……。ちょっと残念。

でもまあ、進んでいく。前後に団体さんもちらほらいる。

しばらく進んでいったら緑色の斜面に木の階段が見えた。それはすずらんで、足元を見ると白い花がちょろちょろ見える。

そしてわかった。すずらんの群生って、花が小さすぎて、パッと見、緑色の草っぱらにしか見えない。ただの緑色の斜面だった。霧で向こうまで見えず幻想的だったけど、人の声が、笑い声が、よく聞こえる。

白い霧の向こうから笑い声だけが……。それ以外はとても幻想的。

霧の中に緑色とカーブした木の階段。

すずらんの写真を撮ろうとしたけど小さすぎてパッとしない。

しばらく下りていったら霧がだんだんはれてきて、辺りの様子がわかるようになった。

白樺も生えていてきれい。

このあたりは湿原になっていて木道が通ってる。さっきの小学生たちが右から左へと進んでいった。

そこから森の中を通ってもうひとつの花畑へと向かう。木々がしっとりと雨に濡れて美しい。次のお花畑も緑一色だった。

さっきの小学生たちが霧で見えない左のほうに固まってる。だれかが大声で泣いている。泣きやまない。

「いるよね。泣きやまない子ども」

「うん」

ジグザグになっている緑一色の花畑の道を上へと進む。よく見ると、ところどころに白い小さな花が咲いている。すずらんもポツポツ咲いていたので写真を撮ったりする。

ここは人もいなくてよかった。

カーカが、食べてなかったおにぎりを1個食べる。

しばらくしたら入笠山へ登る登山の団体が通り過ぎて行った。それから今度は登って下りて来た団体。

「それで登ったら寒いよ」とカーカの短パンを見ておじさんが教えてくれた。

「この先はもう入笠山の登山なんだね」

はれてたら登りたかった。この山は３６０度の大パノラマだそう。

そこから、もと来た道を引きかえす。ゴンドラ駅へ戻るコースがもう一つあった。山の木の間を抜けるコース。そっちに行ってみる。

木を見上げたり、栽培されている「釜無ホテイアツモリソウ」というめずらしい花を観賞する。

寒い。

時間は1時。バスの出発は3時だ。

もう、ごはんを食べよう。あの券で。さっきの建物の2階に行ったらあの小学生たちがお弁当を食べていた。レストランはここじゃないみたい。係りの人がだれもいないのでゴンドラの係りの人に聞いたら、下のゴンドラの麓《ふもと》にあるレストランだという。なのでもう下りることにする。

ゴンドラに乗り込む時、熱いおしぼりをふたつ渡してくれた。

「下におしぼりを返却するところがありますのでそこに入れてください」

驚く私たち。この寒さにあったかいおしぼりはなんともうれしい。

「すごいね」「うれしいね」「なによりもいいね」「こんなの初めて」とべた褒めの私たち。

ほっこりあったかい。

寒いからあっというまに冷たくなった。でもうれしい気持ちで下りて、返却カゴに入れる。

大きなレストハウスがあった。クーポンはそこで使えるようだ。お客さんは数名。

私はピリッと辛い野菜ルバーブカレー、カーカはカレーうどん。

ゆっくり食べておみやげも見て、ミルクジャムやポテトスナックを買う。2時半にバスの戸を開けると運転手さんが言ってたので、2時半ちょっと前にバスに向かう。

まだ開いてなかった。なので、どこをぶつけたのか見て回る。下の方を見ながら一周したけど、どこにもぶつかった形跡が見えない。2周目。すると前方の、下ではなく真ん中あたりの側面。ちょっと出っ張った部分があって、そのあたりが傷ついてる。特にガラス質のところがあって、そこはヒビが放射状に大きく入ってる。

「ここだね……」

「ここだけ部分的に換えればいいんじゃない？」とカーカ。

「いや。結構、こっちまで続いてるのかも……」

ドアが開いたので、運転手さんに「ここなんですね」と言ったら、「そうなんですよ。50万ぐらいかかるかも……。ガラスのところが……」と悲しそう。

帰りに野草の鉢をくれるとのこと。

それから道の駅の「つたの湯」へ。

持参したタオルを持って降りだした雨の中を急ぐ。途中、さくらんぼが売り出されていた。1パック500円ぐらい。東京より安い。

「帰りに買って帰ろう」

浴場に入ったらシャワーは満杯で、3人もの人が裸で立って並んでる。私たちツアー客が一度にいっぱい来たから……。湯船も人が多かった。芋の子を洗うよう……。

カーカと露天風呂に行く。雨なので竹笠を頭にのせた人が5人。私たちが行ったら2人が出て、竹笠を渡してくれた。ちょこんと頭にのせて入る。するとなんともいい気持ち。カーカが「いいね。この感じ」と驚いている。

そう。なんだか不思議な静寂が漂う。竹笠を頭にのせて静かに湯につかる人々。どの人もまるで哲学的な瞑想に耽《ふけ》っているかのよう。そういう効果がこの竹笠にはあるようだ。

お風呂を出て、道の駅でさくらんぼとももジュースを買う。地元のお米も買いたかったけど重いのでやめた。

雨の中、走ってバスへ。

気持ちがよかった。やっぱり温泉はいいね、と言いあう。

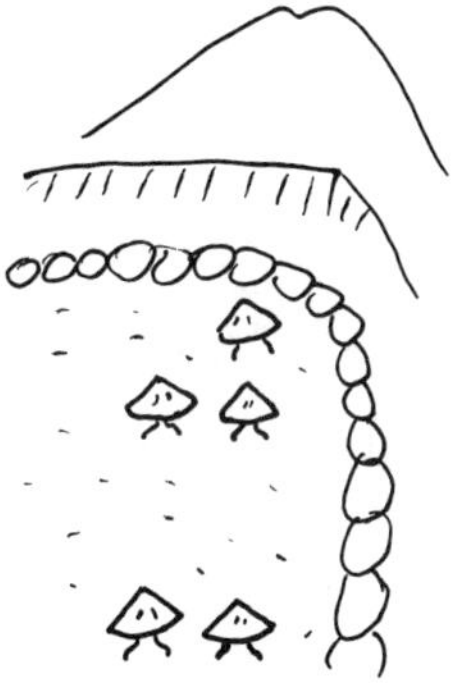

露天風呂

竹笠をかぶる

全員　哲学者
みたいに思えた

帰りのバスでは多くの人が疲れて寝ていた。

でも後ろの5人組は楽しそうにしゃべってる。その内容がわずかに聞こえてくるのだが、聞いてるうちにだんだん引き込まれていき、おもしろく感じられてきた。

アイロンをかけなくていいワイシャツの干し方、俳句のおもしろさ難しさ、徹子の部屋の徹子さんがいつも聞きたがる3大話、朝のトーク番組に出てた中井貴一が感じよかった、などなど。このグループ、話の腰を折る人がいなくて、話題が豊富で掛け合いもうまく、どの話もうまいぐあいに膨らんでいくのだ。

雨の中を走るバス。

後ろから聞こえてくる同世代の女性たちのおしゃべりに耳を傾ける私。

7時ごろ、新宿駅に到着!

帰りに野草の苗ポットをもらい、運転手さんにお礼を言う。

雨はどんどん降ってくる。

日帰りバスツアー、もう行かないと思う。行動する時間が決まってるってところが向いてない。でも楽しかった。これはこれで。

帰ってちょっと調べたら、すずらん群生地の日本すずらんは咲きはじめだったけど、私たちが行かなかったゴンドラ駅近くのすずらん公園にある20万本のドイツすずらんは今が満開だとか!　霧でそっちの方は見えなかったから行かなかったのだ。カーカが寒そうだったし。残念。

でも、幻想的な緑色の斜面。

登山の重装備の中、ひとり、短パンのカーカ。

白樺の白。

寒い霧。

雨。

見知らぬ山だった入笠山。

すずらん。

小さなすずらん！
そしてなにより、おしぼり！

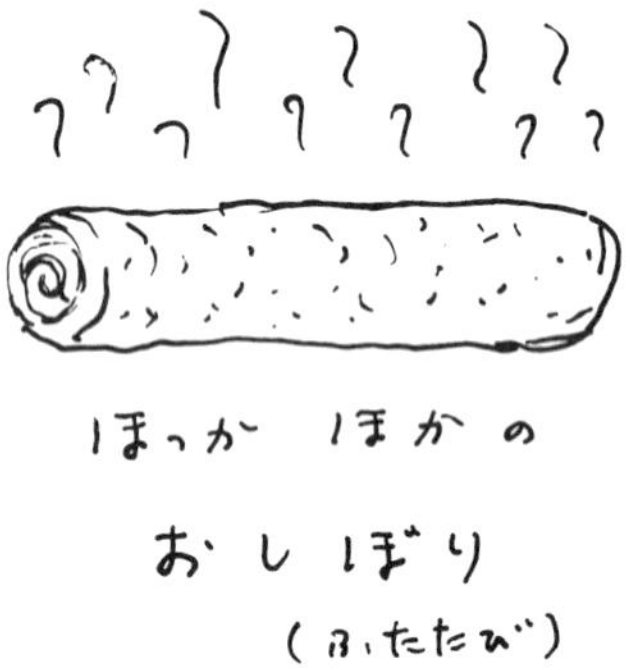

記念写真。頭の上に金の雲がピトッ。

浅草

「ミハラシカフェ」から仲見世通りを見

強風にあっという間に。
燃え尽きる線香たち。

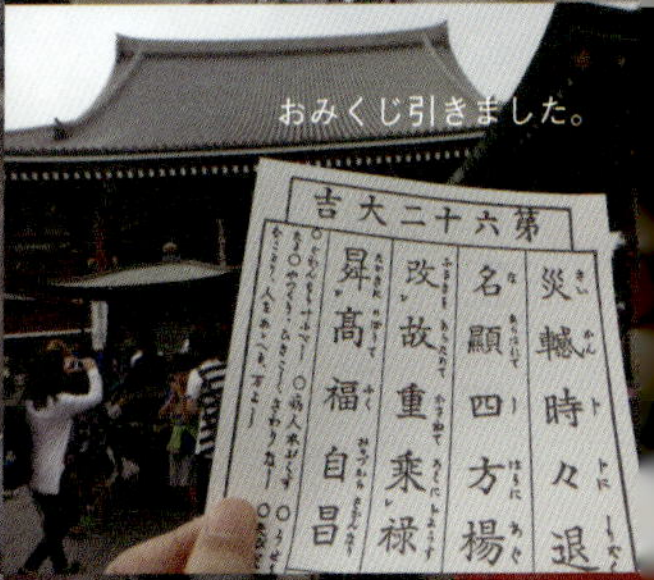

おみくじ引きました。

時の流れを感じるオムライス見本。

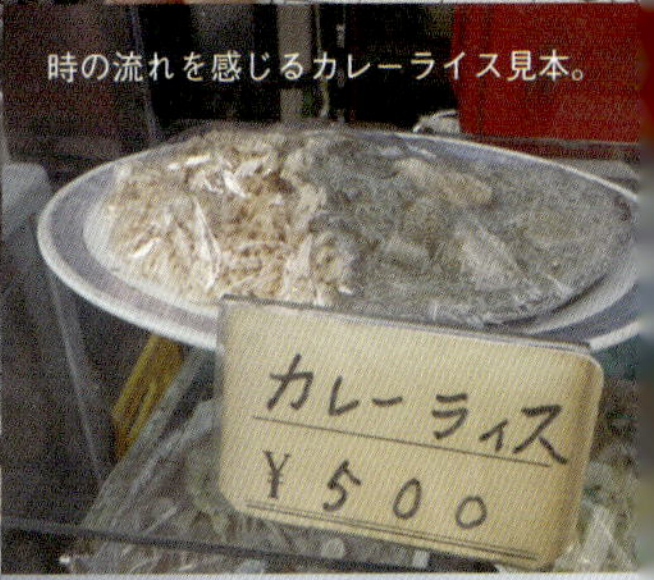

時の流れを感じるカレーライス見本。

うす暗く迫る牛嶋神社。

桜橋とスカイツリー。

ジユウくんが注目した水門の信号。
私が見ていたのはアオサギ。

顔に見える建物。

これよ。

バンダイビルの前の
キャラクターと共に。

吾妻橋のたもとで
また記念写真。

ごぼうとねぎをどっさりのせて。

どぜう鍋。

「まねき屋」で買った
かんざしと扇子。

こんなふうに、
炭火でね。

すずらんの丘

白い霧の向こうから聞こえる笑い声以外は、幻想的な緑色の斜面。

霧がはれたらこんなだった。

白樺の林。

野菜ルバーブカレー。おいしかった。

可憐なすずらんの花。

見上げた木の葉の色がきれいだった。

山の木の間を抜けるコース。

柴又

柴又駅前の寅さん銅像と記念写真。

まるで映画のセットのよう。

帝釈天への参道。

食べずにいられなかった。

ショーウィンドウに
チキンライスの見本が！

お団子セットをいただく。

とらやのモデル店。

かわいい銅像と。

帝釈天、枝が四方にのびた松。

つるつるに。

つるつるに
なってる。

龍。どじょうを連想した。

彫刻ギャラリー。

写実的な木彫り。

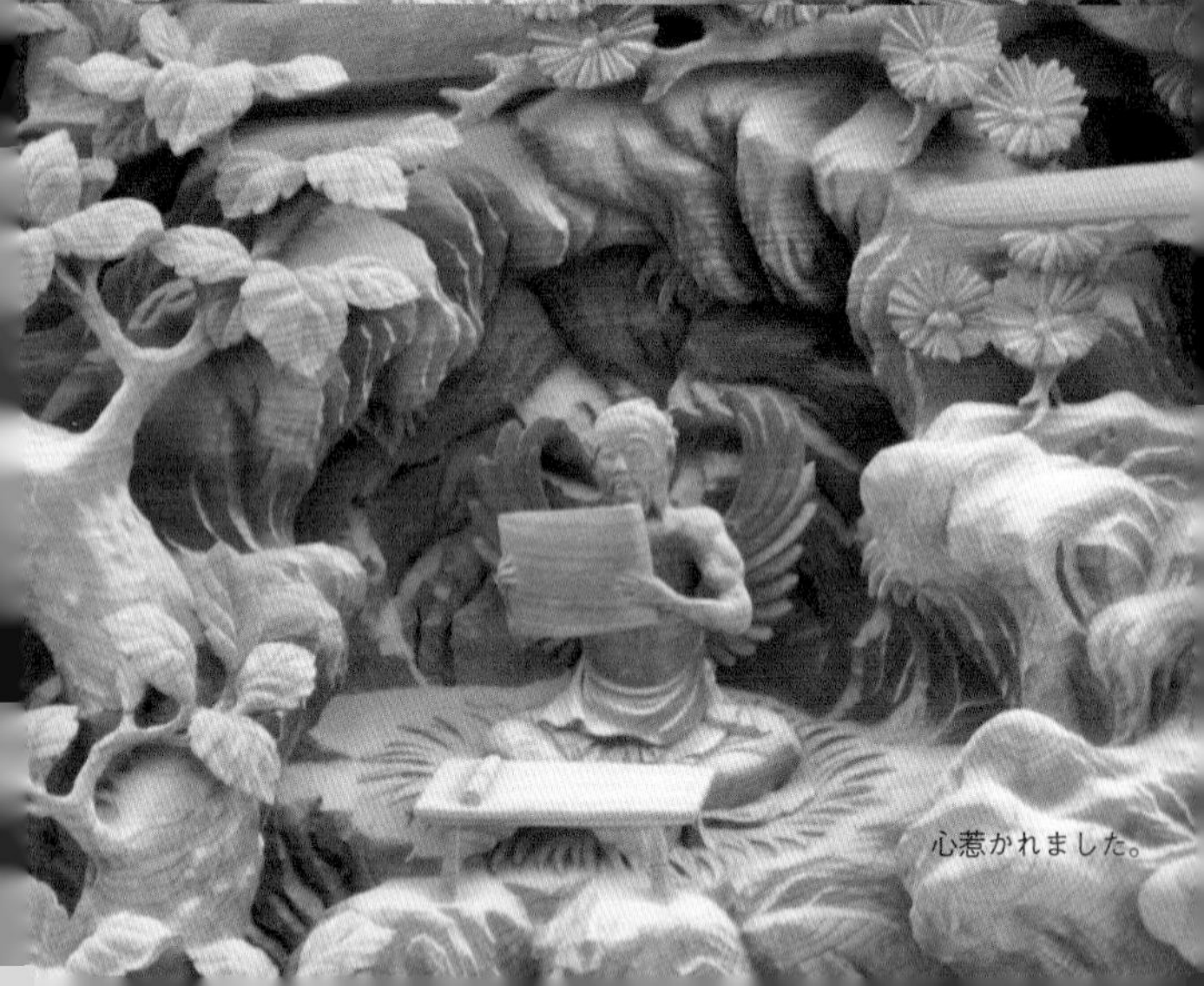

心惹かれました。

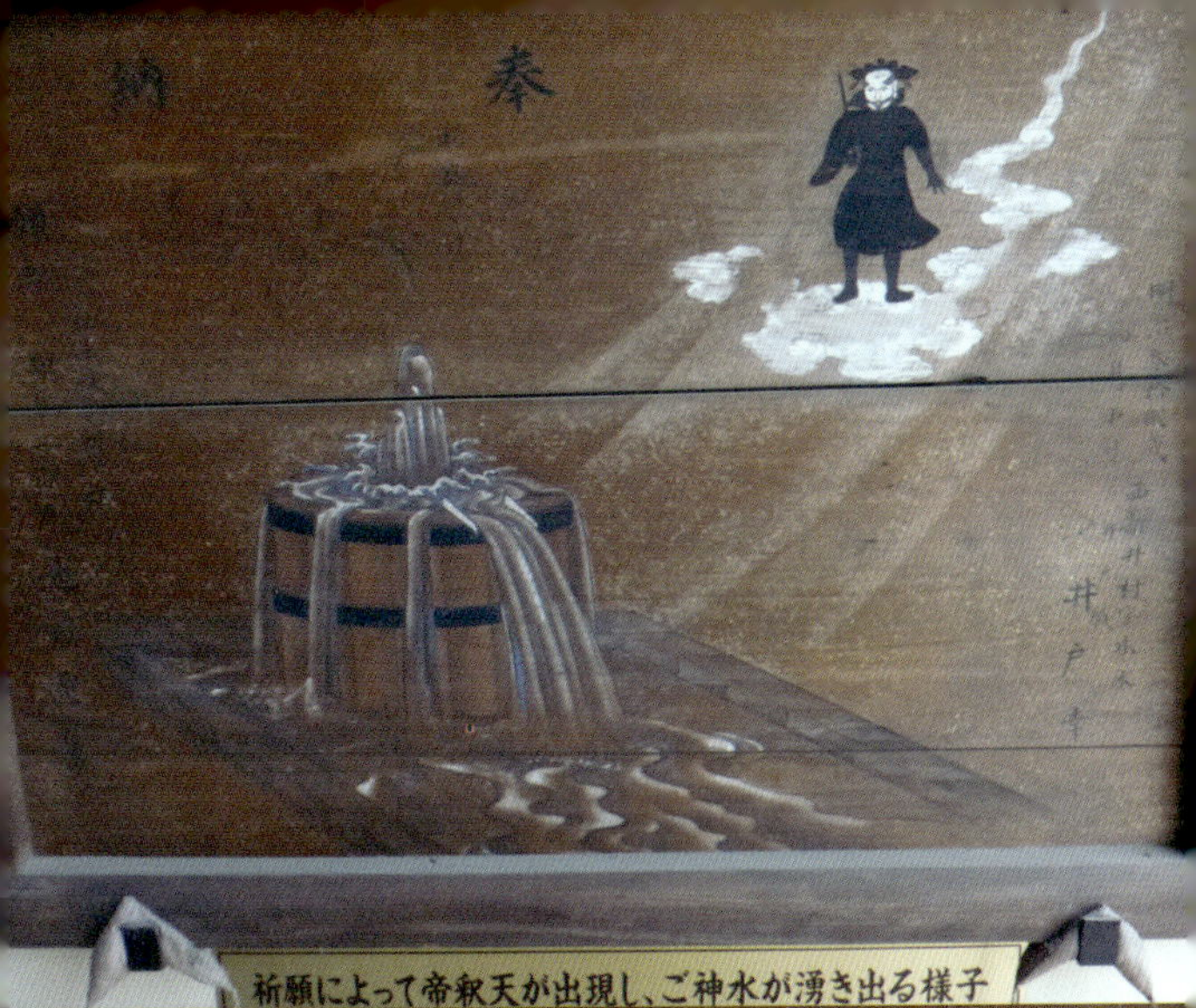
奉納
井戸寺
祈願によって帝釈天が出現し、ご神水が湧き出る様子

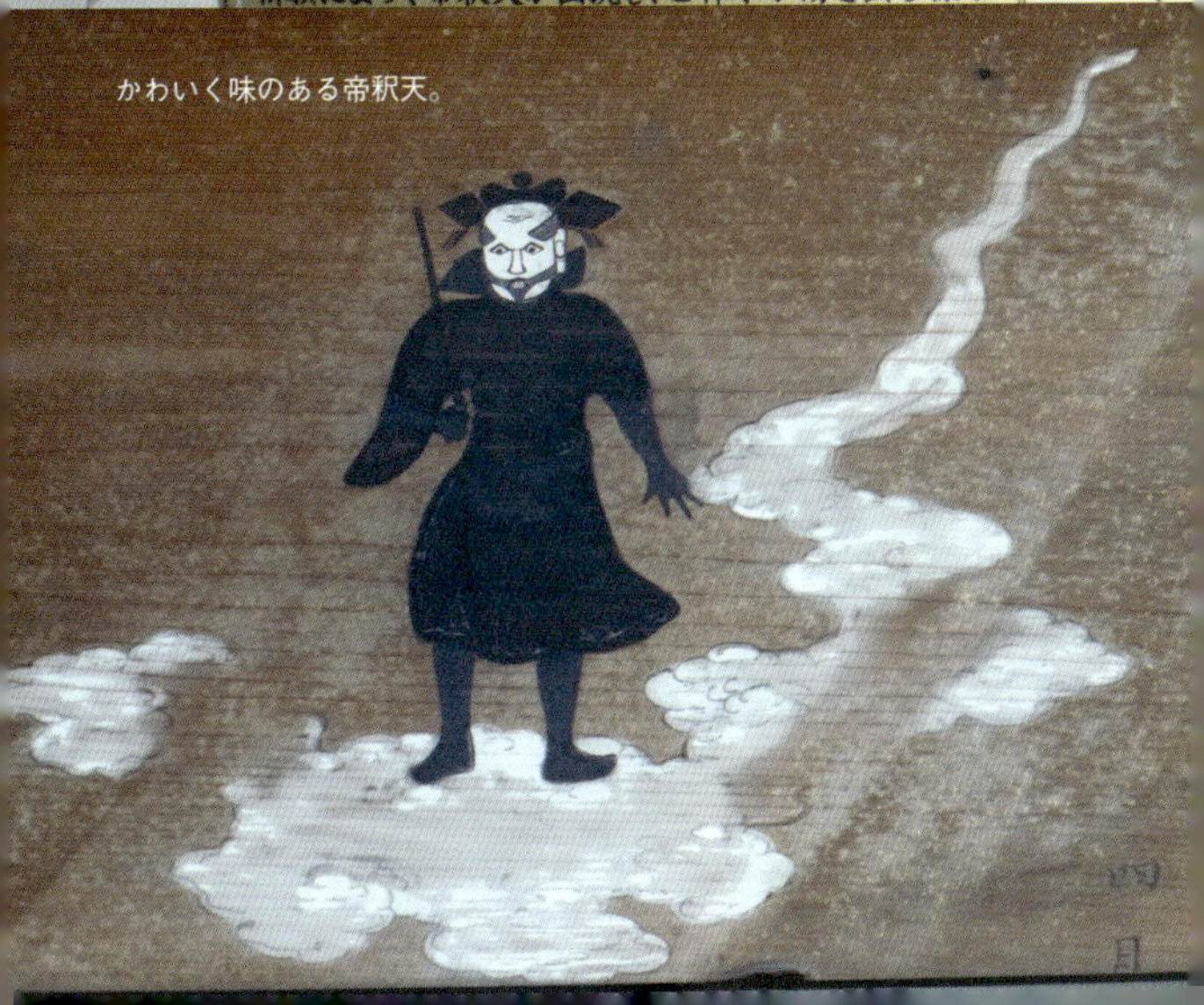
かわいく味のある帝釈天。

空中の渡り廊下。

庭師さんが熱心にお仕事。

樹齢1500年の南天の床柱。
細い枝がそのまま天井までのびてる。

飲んじゃった。

ボーッと伸びきってる亀。

白ヘビと金のウンコ。

猿。

寅さん記念館。
とらやのセット。

金運がよくなるって。

矢切の渡し。

ミニチュア模型で
間取りを確認する。

往復400円。

片道200円。

広々とした江戸川の土手。

たくさんの注意書き。

顔マスクをかぶると、
とたんに気持ちが変化した。

水元公園は広い広い公園だった。

菖蒲。白、水色、青、紫。きれい。

まんまるの菊。

供えられていた塩。

塩地蔵。
かなりの古さらしい。

両国

鼠小僧の墓の「お前立ち」を削る。
隣には熱心に猫塚の説明を読む男性。

おすもうさんのパネルは大きかった。

江戸東京博物館。江戸の町の人々。

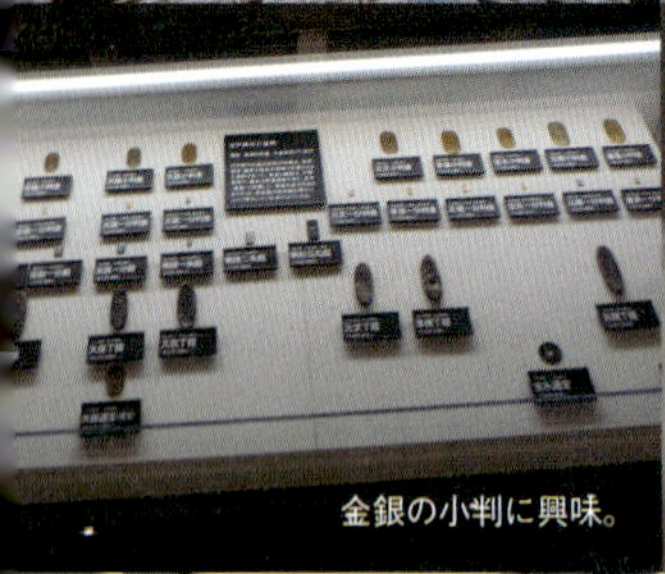

金銀の小判に興味。

船内はゆったり。

ビルの壁面が黄金色に輝きまさに生ビール。

柴又ぷらっぷら

時は6月16日、月曜日。花菖蒲《はなしょうぶ》の季節。

今日は柴又から菖蒲の見頃の水元公園へ、ぷらっぷら。

お供はなじみの編集者、竹ちゃん（竹村さん）。一見大人しそうだけど、心はどっしり。

1時に柴又駅で待ち合わせ。

私はこの日のために寅さんの「男はつらいよ」を11本、寅さん関係の本を1冊読んできた。


さて本日は快晴。暑い。肌が弱いので日焼け対策グッズもいろいろ持ってきた。帽子に日傘、腕カバー、最近買った首マスク。

柴又駅の改札を出ると竹ちゃんがそこにいた。東海道の岡部宿〜島田宿を歩いて以来、2年ぶり。だけど竹ちゃんは心がどっしりとしていて肝がすわっているので、ひさしぶりに会っても恥ずかしくない。

まず駅の前の寅さん銅像と一緒に記念写真を撮ってもらおうとしたら、さっそく竹ちゃん、九州からやってきたという寅さんファンの男性にシャッターを押してと頼まれている。みんなここでね。私もよ。

まずお昼でも食べようと参道を進む。まるで映画のセットのような店が並ぶ参道だった。

ショーウィンドウを見ながら歩いていたらチキンライスの見本が！

私はチキンライスが好き。オムライスはよく見かけるけどチキンライスはあまりない。チキンライスがあるとどうしてもそれを食べなくてはと思う。私の思い出のホロホロしたチキンライスの味を思い出して……。なので冷し中華と迷ったけどチキンライスにした。でもあの思い出のチキンライスの味はもう思い出の中にしかないということもわかってる。そして自分で作った方が自分の好きな味になるだろうことも……。

チキンライスが出て来た。味は、想像通り。竹ちゃんは冷し中華を食べている。

見わたすとまわりのお客さんはしみじみとした人ばかり。この町に観光に来る人はみんな同じ趣味仲間のように思えて落ち着く。

食べ終わり、食後にお団子を食べようと決めていたので、映画に出てくる「とらや」のモデルになったという「高木屋老舗」へ。

入口で食券購入。名物の草団子ほか3種のお団子がのった団子セットというのがあった。1皿とってふたりで分けてもいいですか？　と聞いたら「いいですよ」とのことだったのでそれを。「お茶は?」と聞いたら「ついてます」と。

テーブル席について、まわりを見わたす。和風で落ち着いた感じのいいお店だった。なんだか昔にタイムスリップしたよう。竹ちゃんも「いいですね〜」とぼんやりしている。壁に寅さんの写真がたくさん飾ってあったのでじっと見る。

お団子セットがきた。
みたらし団子みたいなのは
甘みよりもおしょう油の味が効いている。
草団子はヨモギの味。あずきのあんこがおいしかった。
帰りがけ店頭の見本を見たら
映画とそっくりの包装紙だったのでうれしかった。
参道には他にもお団子屋さんがたくさん並んでいる。
草団子の緑色がとても濃いところがあって、
いつか食べ比べてみたいなと思った。
あるお店にココナッツ味の米粉を使ったメレンゲの焼き菓子があって、ココナッツとメレンゲという好きなものがふたつ重なっていたのでつい買ってしまった。それをぶら下げて進む。

オレンジ色の包装紙

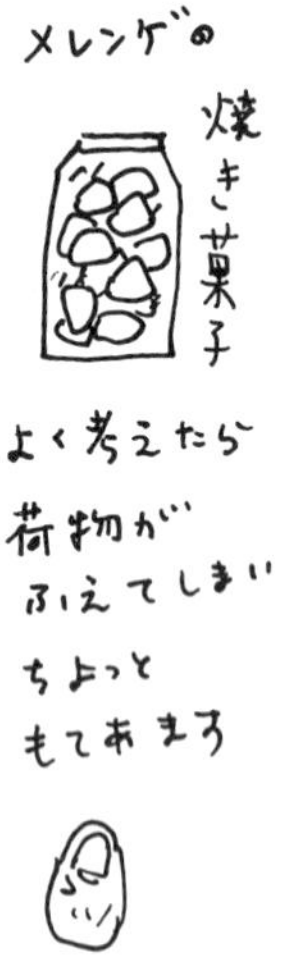
メレンゲの
焼き菓子
よく考えたら
荷物が
ふえてしまい
ちょっと
もてあます

正面に現れたのは帝釈天《たいしゃくてん》。

ここか～と思いながら中へ。境内は、思ったよりも広い。

映画で見た枝が四方に長く伸びた松がある。

3人の子どもが朝顔みたいなのを持った銅像があって、人々が頭をなでるのでつるつるになっていた。私もつるつるなでる。

靴を脱いで上がり、有料の帝釈堂彫刻ギャラリーと庭園へと進む。木彫りの彫刻がたいへん素晴らしかった。あまりに細かいので落ち着かず、ゆっくり見ることができなかった。気がせいてしまい……。

ひとつおもしろかったのは、説明に「常不軽《じょうふきょう》ぼさつは『常に人を軽べつしない』という修行をしていましたが、却って迫害を受けました」という文章。常に人を軽蔑しないという修行って、またやけにピンポイント。

「寒さに火を得たように、子のところに母親が来たように、渡りに舟を得たように、闇に灯《あか》りを得たように救いの道をしめすのです」も写実的に木彫りで表現されていた。

また、「祈願によって帝釈天が出現し、ご神水が湧き出る様子」と題された絵の帝釈天がとてもかわいかった。

波に見えかくれする亀の彫刻「亀図」がいいなあと思ったら、鴨川出身の名人による彫りとのこと。龍が何匹も顔を出している彫刻はどぜう鍋のどじょうを連想した。

気持ちのいい空中の渡り廊下を通って庭園へ。この渡り廊下も寅さんの映画に出て来た。風が吹き渡り、幼稚園生たちが庭で遊び、のどか。見守るお母さんたち。

庭園では庭師さんが熱心にお仕事をなさっていた。見晴らしのいい廊下にはベンチがあって、そこに腰かけて庭を眺めるのは極楽気分。座って静かに耳をすますと、風が木の葉を揺らす音がサワサワサワサワと。

ホッとする……。

客殿のひと部屋に南天の床柱があった。樹齢1500年、日本一を誇ると書いてある。その床柱、細い幾筋もの木の枝をそのまま使ってあって興味深かった。誰かがこのままの形で床柱に使おうと提案したんだなあ……。

歩きやすい廊下が庭の周りを一周している。気持ちよくトントンと歩き進む。池の上も渡る。池を見ると、亀がボーッと伸びきって浮かんでる。ピクリとも動かない。死んでるんじゃないよね……。泳いでたり石の上でひなたぼっこする亀はよく見るけど、手足を伸ばしきってじっとしてるのはあんまり見たことがない。私がプールでよくやる脱力浮きのよう。親しみを感じた。

なおも進むと、石の樋《とい》から水が流れて上に柄杓が。

「御神水」という立て看板が。高千穂でおいしい湧き水をよく飲んだことを思い出し、いそいそと柄杓に水を注ぎ入れて飲む。飲んでから立て看板をよく見たら小さなはっきりとしない文字で、「この御神水は手を清める水です」と書いてある。キャー、飲んじゃった。でも、これは間違える人がいると思う。

気を取り直して先へ進むと、なんとも味のある顔の猿の石像があった。

庭から出て境内を見て回る。手水舎《ちょうずや》に行ってみると、苔のついた石の祠の上に金のウンコのまわりを2匹のヘビがとぐろを巻いている置物がたくさん置いてあった。金運がよくなる置物が、そういえば柴又駅前の土産物屋にたくさんあったな。

そこから歩いて山本亭を通りぬけて寅さん記念館へ。

山本亭という古い邸宅も見学できるそうだけど今日は見るのはやめて通過することにした。通過する時にそこにあったベンチに腰かけた。何かあるかなと思ったけどポットに植えられた花が少しあるだけで特には何もなく、一瞬ののちにまた立ち上がる。

寅さん記念館では映画で実際に使っていたというとらやのセットが見られたことがよかった。それととらや全体のミニチュア模型。部屋の間取りがわかってよかった。それ以外はそれほど興味がなく、足早に通り過ぎる。

そこを出ると江戸川の土手だった。広々とした河原。矢切の渡しに行ってみる。川の途中に木がちょろちょろっと生えていて、舟の乗り場があった。たくさんの注意書きが書いてある。片道200円。観光客が乗ってる。帰って来るのを待って乗り込む。往復400円。

7～8人乗って、出発。舟の中では説明はありませんと書いてあった通り、ひとこともなく、黙々と進む。でも川を渡るのは気持ちいい。

海の匂いがするような……。

帰り、大きな魚の死骸が浮かんでいた。1メートルはあった。

「アマゾンのピラルクーか……」

ここから水元公園まで3キロ。今の時間が4時20分。もうこんな時間だ。急がないと。

堤防の上は木も生えていないので太陽の光を遮るものがない。直射日光が当たる。私は持って来た日傘や腕カバー、顔の下半分から首まで覆うマスクをした。

顔マスクをかぶると気持ちが変化した。まったくしゃべる気にならない。これはいい。

「なんかこれはいいよ」と竹ちゃんにつぶやく。

「普通のマスクとは違いますか？」

「うん。普通のマスクは普通だけど、これだともっとガードが堅いっていうか、風変わりっていうか、何も話さなくても……、気持ちが変わるから、話す気にならない」

無言で2キロほど進む。そこから桜並木の方へ下りる。するとそこは普通の住宅街で人の姿も見え、このマスクで進むのもはばかられるのでマスクを取る。取ったらとたんに普通の気持ちに戻った。

水元公園は広い広い公園だった。

水辺。夕方の光り。とてもすがすがしく気持ちがいい。

花菖蒲園は真ん中あたりのはず。わずかに急いで進むと人影もちょっとずつ増えてきて、自転車の親子や子どもなどにぎやかになってきた。そろそろじゃないかな。

あった。菖蒲園だ。

咲いてる。

白、水色、青、紫。

きれい。

人もいるけど、それほどたくさんというほどでなく、ちょうどいいくらい。時間も、もう5時だし。

この公園をあちこち隅々まで歩いてみたかったけど、せいぜいあと1時間ぐらいかなあ歩けるの。

その先の方までずんずん進んでいくと、大きな木の並木道や広い水面、森、原っぱなど、公園というよりも地方の山の麓のようなゆったりさ。

脇の小道に入ると丈の高い草に左右を覆われ、まるで宮古島のさとうきび畑にでも迷い込んだような錯覚に陥った。うす暗い森へと続く細道やその奥の暗がりを眺めながら進み、中央広場という広い広い草っぱらの脇の道を歩く。

なんだか足が疲れたなと思い、

「足が疲れた」と言ったら、竹ちゃんが「私たち、休憩してませんもの」と言う。

「そうだね！」

「あの山本亭のベンチにちょっと腰かけただけで」

「そうか」歩きづめだった。

「普通だったら休み休み……」

「そうだね～。意外とすぐに時間が過ぎたね。次は午前中から回りたいな」

「そうですね。午前中に来て柴又を見て、お昼食べて、休みながら、午後水元公園っていうのがいいかもしれませんね」

「そうだね。お茶飲んだりしながらね！」

いつかまた来たい。1日かけて休み休み。


公園をトコトコと言葉少なに歩いていると、とても不思議な気持ちになった。見知らぬ場所の見知らぬ木や草の中を静かに進む私たち。

竹ちゃんも「なんだか不思議な感じです」と言う。

そのまま公園の端まで歩いて外に出て、近くのバス停から金町駅行きのバスに乗る。6時だった。5時間近く、歩きっぱなし。ふふ。

途中、「しばられ地蔵」というバス停があった。時間があったら行きたかったところだ。お地蔵さんをひもで縛って願いをかけるというお寺。毎年大晦日の夜、縄解き供養が行われるのだそう。お地蔵さんにひもを縛りたかった……。

しばられ地蔵
こんなんらしい
しばられまくり
年に1回、大みそかの夜
縄がとかれる
縄解き供養が
あるとか

6時20分に金町駅に着き、ホームへ上がる。

すると、夕方の光りと風。

その涼しい風と夕日のオレンジ色。広々とした空。夕方の光りの中にいる人々。

吹きぬける風。

風。

なんとも気持ちがいい。

「この気持ちよさ……、アメリカみたい。ロサンゼルスみたい……」

今日はずっと（暑い陽射し以外は）気持ちよかったけど、最後に最高のさわやかさに包まれたのです。

金町駅のホームの
夕方の光り

さーっと
吹きぬける風
すごくいい気持ち…

両国ぷらっぷら

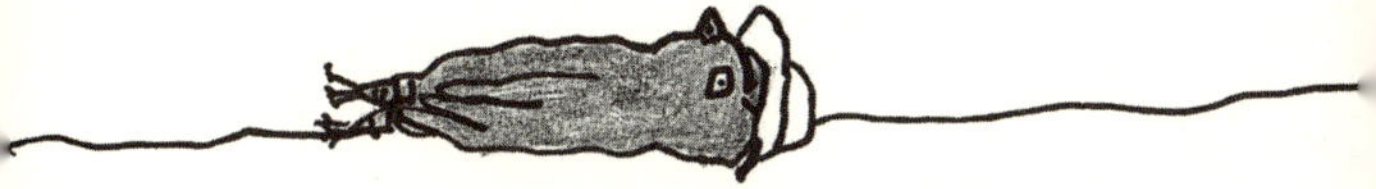

梅雨も真っただ中。6月の下旬、今日は両国へ。お供は、やごちゃん。

天気は曇りで温度もそれほど高くない。よかった。雨じゃないだけでうれしい。

浅草橋駅で10時に待ち合わせる。

そこから南へすぐの浅草橋に出る。川は神田川。屋形船が繋《つな》がれていて、いきなり江戸気分。花火見物や宴会の屋形船ってここから出るのかあ……。船宿に近づいてみるとメニューの看板があった。定番の天ぷらやお刺身、焼き鳥。

下流に向かって歩くと柳橋。隅田川との合流点だ。

角に小さな佃煮の「小松屋」。吸いこまれるように入って行くと佃煮の見本が並んでいた。じっと見る。どれもこげ茶色で味がしっかり濃そうな感じ。おみやげに何か買おうかな……。

「手むきあさり」と「一と口あなご」にした（帰って食べたらやはりしっかり濃い味。お茶漬けにしたらおいしかった）。小さな曲げわっぱに入っていて、なんとなくうれしい。

柳橋を南にわたる。橋の欄干にかんざしの浮き模様。でも鉄製であまり情緒はない。渡って左に進むと隅田川を越える。これが両国橋。大きくて、車がびゅんびゅん通っている。橋の中ほどにある半円形にでっぱったところで私がふと、

「このあいだ柴又散策に行ったんだけど予習として寅さんの映画を見始めたら、すごくおもしろく思って、15本見たけどこれから全部見るつもり。寅さん関係の本も何冊も読んでるの」

と言ったら、やごちゃんが目をぱちくりして腕をブルブルばたつかせるようにして聞いていたけど、聞き終わって、「私も！」と言う。聞けば、近ごろテレビで毎週やっていて、見たらおもしろくて夢中になっているとのこと。そして「寅さんの話ができるってうれしい」と感慨深そうに言う。

「今じゃ主題歌が空耳で聞こえるほどなの……。今まで見た15本の中で私は『夕焼け小焼け』

っていうのがよかった」

「それまだ見てない。誰が出てるの？」

「宇野重吉。それから嵐寛寿郎が出てる『寅次郎と殿様』もよかった。……田中裕子と沢田研二の回、見た？」

「ううん」

「その中で田中裕子がするある動きがあるんだけど、アドリブなのか監督の指示なのかって思うところがあって……。私はハッと興味を惹かれるとその場面を何回も巻き戻して見るんだけど、そこ何回も見ちゃった。かわいいんだよね……」

「私は美保純が家出する回……」

「美保純が出てるのはひとつしか見てなくて、ちょっと出て来るだけの回だったけど、あの人、低い声で『よっ』なんて小さな子どもに声かけてて、自然だよね」

「うん。あの自然さってすごいよね」

と、熱心に語りあう。

そして、柴又にはまた行きたいから、これからお互いに全巻見て、秋のすずしい頃に一緒に行こうと約束した。一度行って帰ってから、あれも見ればよかったあそこにも行きたかったというところが出て来たので。

寅さんの映画はすみずみにいいところがあるから、好きな言葉やシーンであれはどの回だったかってわかるようにノートにメモしながら見ようということになった。楽しみ（今んとこ、24巻まで見たところで頓挫。また次の波を待とう）。

そんなこと話しているうちに、老舗のどじょう屋「桔梗屋」や金色のイノシシの看板がピカピカ光るイノシシ鍋の「ももんじや」、ちゃんこ屋などの前を通り過ぎ、回向院《えこういん》に到着。

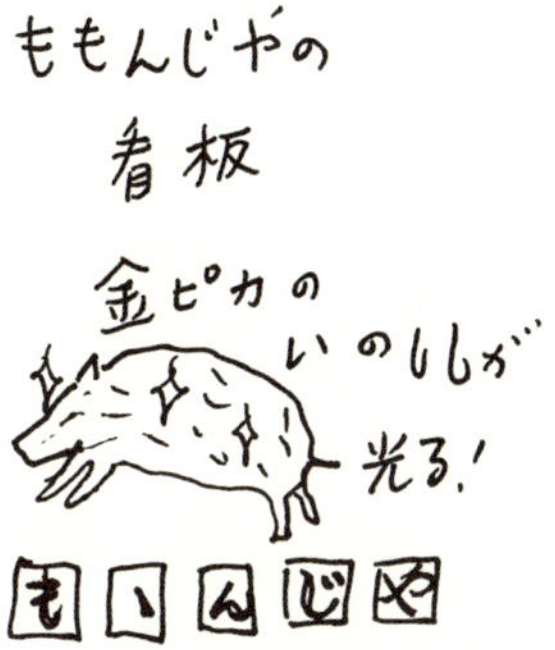

江戸の「振袖火事」の名で知られる明暦《めいれき》3年（1657年）の「明暦の大火」でなくなった人を埋葬するために建立されたお寺だそう。

中にはいろんな塔や碑、お墓があった。

でもまず最初に目を惹かれたのはある石の碑に供えられたお花の中の白い菊。白くてまんまる。こんな菊は初めて見た。下の方までみっちりまんまるだった。そのまんまるな菊の花だけを何枚も写真に撮る。

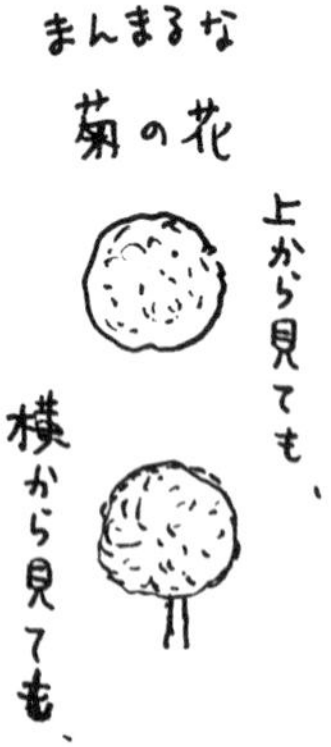
まんまるな
菊の花
上から見ても、
横から見ても、

次に目がいったのがだいぶ古そうな「塩地蔵」。「腐食がひどく年代など判明しませんが古いもの」だそう。顔や服のでこぼこが摩耗してだいたいの形しか残ってない。足元には塩が供えられていた。

それから奥に進むと、鼠小僧の墓。この墓石は水商売や賭け事、受験合格の御利益があるといって削り取っていく人が跡をたたず、今ではお墓の前に削り取り用の石「お前立ち」というのがあり、「こちらの『お前立ち』をお削り下さい」という看板が立っている。私もその「お前立ち」をカシカシと削って、白い粉を財布に塗りつけました。

隣には熱心に「猫塚」の説明を読んでいるおじちゃんがいた。そこには猫の恩返しについて書かれてあった。

このお寺は、天災や処刑、水子、動物など、生あるものすべてを供養しているそうで、三味線などの楽器に使われたり毛皮に使われた動物や小鳥、オットセイ、さまざまな動物の慰霊碑、供養碑がありました。時代劇でよく聞く名前、「三河屋」の墓もありました。

次に江戸東京博物館をめざす。途中の商店街にあんみつやところてんやお団子の見本が飾ってあり、おいしそうだなと立ち止まる。食後にこういう和風のおやつを食べたい気分。

両国国技館を左に見ながら江戸東京博物館へ行く途中、両国駅前の居酒屋「花の舞」前でおすもうさんの顔はめパネルの記念写真。ここは中に土俵があり200〜300人は入れるという巨大居酒屋。開店前だったので開いてる入口のところからちょっと覗《のぞ》いたらすごい広さだった。レトロでうす暗く、夜は雰囲気よさそう。

江戸東京博物館に近づいたら、小学生や高校生の団体がたくさんいた。チケットを買ってエスカレーターで6階にあがる。

日本橋を半分に切った実物大復元模型を渡り、小さな人形の人々が賑わう江戸の町の模型を見る。あまりにもたくさんの人の模型に、どこを見たらいいのかわからない。ぼーっとしてしまった。

よく見ると、とても細かくよくできてる。カゴをかつぐ人、屋根が吹き飛ばされないように等間隔に置かれた石、子どもを背負って鶏を見てる女性。

江戸の大火事の説明、武家屋敷や松の廊下の模型などを見て5階へ。

武士の暮らし、町の暮らし。唯一惹かれたのが金銀小判のウィンドウ。金の小判はやっぱり光ってる。横縞がある……などと思いながら。

私もかつて金の延べ棒を持っていたこと、それを売って大きく損したことを思い出し、キュッと気が沈んだ。でも、よく考えると金の延べ棒というのがおもしろかっただけで金を家に持っていることは気分的に重かった。だからいいんだ、と思い直す。

「江戸の商業」「四季と盛り場」あたりで、もう疲れた。博物館って途中で疲れてくる。ふたりで「疲れたねー」と言いあう。

東海道四谷怪談「お岩さん」のからくり模型の実演を小学生たちと一緒に見終えると、そ

広くて
でっかくて
うすぐらい!

不思議な感じ…

金の小判

うすべったかった

こは「江戸の芝居と遊里」というゾーン。豪華な衣装を身に着けた吉原の花魁《おいらん》の大きな人形があった。きれいで華やか……と思いながらも、「現代でよかった」とやごちゃんとつぶやきあう。かつて女性が人間としてあまり尊重されず、借金のかたに売られたり男性に下に見られていた時代。ああ……、私もそんな時代に生まれていたら売りとばされたり、一生下働きをさせられていたかもしれない。今でよかった。この時代で。と、一応現代に生きる今の感想。

未来の女性も、今の時代を未来の博物館で見て同じような感想を持つかもしれない。それでも今は今でその場所で楽しみを見つけて生きているように、昔の人も未来の人も、いつの時代でもそこに楽しみを見つけて生きているんだろう……。

次は東京ゾーン。文明開化東京。でももうここらへんになると疲れたのと飽きたのとで、ささっと回って、お腹すいたからお昼食べようと7階にあるレストランへ。意外と広い。やごちゃんは玄米うどん。私はアユの塩焼きや鱧《はも》の湯引き、冬瓜《とうがん》の煮ものなどの季節のお膳。軽く食べられた。

次は特別展の「軍師官兵衛」。軍師官兵衛って何だろう……、とつぶやいたら、やごちゃんが「今、NHKでやってる。私も見てる」と言う。そうか。見てる人は楽しいかも。

私は知らなかったのでただぶらりと回る。結構賑わってる。

ひとつだけ、目が止まり、近づいてじっと見たものがあった。

真剣。なぎなた。銀色に砥《と》がれた切っ先が光る。先の先をじっと見た。ものすごく切れそう。これで何人の命を……。

おんなじ……。

見終えて出口のところでやごちゃんを待つ。来た。やごちゃんが「刀がよかった」と言う。

「うん。私もあれだけは素晴らしく感じた。あれだけはまだ生きてた。生きてたね」

博物館を出ると、くちなしがいい香り。クンクン匂いを嗅ぐ。大好き。この匂い。

北に向かって旧安田庭園に入ってみる。

池のほとりを半周した。亀がゆらゆら集まって来た。

雨上がりでなんだか庭園内がじめじめしてるのでもうそこを出て、隅田川沿いを浅草へと進む。川沿いの景色が新鮮だった。川にいくつもの橋が架かってる。

蔵前橋、読めない漢字の橋、駒形橋、吾妻橋のところが浅草だ。川をいくつも船が通る。

「船に乗るのもいいね。時間を見てみようか」

吾妻橋のたもとに船のチケット売り場のビルがあった。

今3時。これからおやつを食べて、4時過ぎの日の出桟橋行きに乗ろう。4時15分と40分がある。

外に出て仲見世通りを歩く。観光客や外国人がたくさんいて賑わってる。途中からわき道にそれて、豆かんの「梅むら」に行きたいけどちょっと遠いので今日は「梅園」へ。すると、定休日。どうしよう。路地裏をウロウロする。

釜めしもいいね、釜めし食べようか、でも、お腹すいてないし……。すると目の前にバーンとレトロな居酒屋が。その名も「ニュー浅草」。

「……ビールでも飲む？」

「いいねえ」

で、中に入る。3時過ぎなのにおじさんたちでいっぱい。なごやかなムード。

生中をたのんで、つまみにたたききゅうり、馬刺し、つくね、えいひれ、マグロのぬた、枝豆を注文する。いい気分でおしゃべりもはずみ、クイクイ飲みすすみ、生中おかわり。

「ビール、おいしいね〜」と言ったら、それを聞いてたおかみさんが「ボンボン出るとこはおいしいよ」と。「ボンボン出る?」と聞いたら、客が多くてビールがボンボン出るとこだって。「ああ、新鮮でね!」

カウンターの隣の席にはおじさん二人連れ、そのひとつ空いた隣にはひとりのおじさんが新聞読んでる。あちらこちらにグループ客あり、みなさんご機嫌。

4時40分の船に乗るためにお会計してもらう。ビール4杯とつまみ6皿で4430円。安かった。

船に乗り込むと、対岸にアサヒビール本社やスカイツリーが美しくそびえ立っている。ビールに見立てたビルの壁面が夕日に映えて黄金色に輝いている。さっきの生ビールを思い出す。

船内はゆったり。お客さんもまばらで、私たち以外は外国人観光客のみ。

隅田川をゆるゆると下っていく。

流れるって気持ちいい……。

佃、築地、浜離宮、そして日の出桟橋。

約40分の船旅を終え、船はいいなとまた思った。

深川、佃ぷらっぷら

7月12日。台風一過。とても暑い！　予想気温33度。

まだ梅雨明け宣言は出されていないけど、もうすぐ梅雨も明けそうな気配。

都営大江戸線の森下駅下車。地下から地上へ出る階段に注意3連発！

「ひったくりに注意しましょう」「ご用心　あなたもひったくりの　被害者に」「帰り道　あなたの後ろに　ひったくり犯人」

暑い中、日傘をさして芭蕉記念館へ向かう。

入口に芭蕉の植わったこぢんまりとした建物。ここで今日一緒に散歩するスーくんと待ち合わせ。インターネットの世界のことをいろいろ話そうと思って。この春大学を卒業して働き始めたばかりという23歳。初対面。

入口のところにいた。「こんにちは」と挨拶を交わして芭蕉記念館に入る。

あいさつもそこそこに入口にあった松尾芭蕉の顔はめパネルで記念写真。受付で料金を支払い、2階に上がって資料を見る。奥の和室では子どもたちの句会が開催されている様子。靴が脱ぎ散らばってる。松尾芭蕉にそれほど興味がないのでツーツーと軽く見る。

ひとつ、「芭蕉遺愛の石の蛙」に注目。大正6年の大津波の後ここに出土したのでこの地を「芭蕉翁古池の跡」に指定したのだそう。なだらかに角の取れた黒々とした蛙の形の石に

芭蕉記念館で。

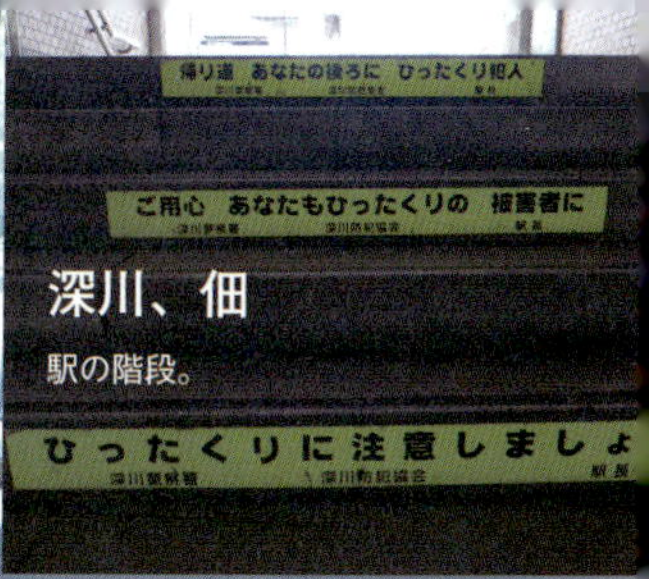

深川、佃

駅の階段。

芭蕉記念館別館の屋上。

植木の丸い刈り込み。

そこから見ていたのは対岸の……

清澄庭園。

サンゴのよう。

磯渡り。

深川江戸資料館。八百屋。

深川丼のセット。

暗い部屋の中。

手ぬぐいが干されてた。

実物大の大鵬と。

お堀端で。

深川不動堂の手水舎は噴水みたい。

黄緑色が好きな家。

大きなわらじに小さなわらじで
願いをかける。

参道のカルメ焼。

空が広い。

氷ミルク。

甘味処「いり江」。

佃堀と高層ビル。

お祭りだった。

一匹の猫が「にゃ～」と鳴きながらやってきた。
うしろにいた自転車のおじさんと顔見知りのようだった。

勝鬨橋のたもとで１回目のゴール。バンザーイ。

築地本願寺で本当のゴール。バンザーイ。
「左右の塔も入れてね〜」

豊洲

春海橋わきの鉄橋。

ミニミニ起き上がりこぼし。

メモリアルドック。

ガス灯。

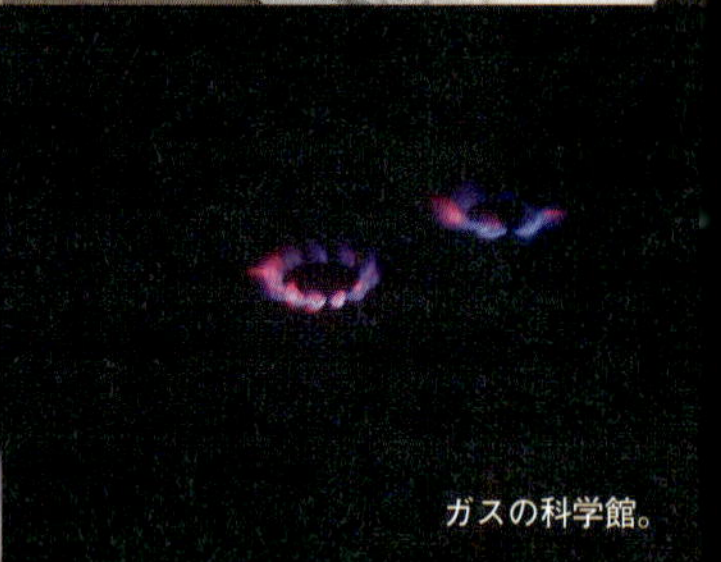
ガスの科学館。

晴海埠頭。暑い日。

ガスの炎で絵。

晴海客船ターミナル。

試験をしていた。

ビルに海。

夜の商店街。

京浜運河

ふるさとの浜辺公園。

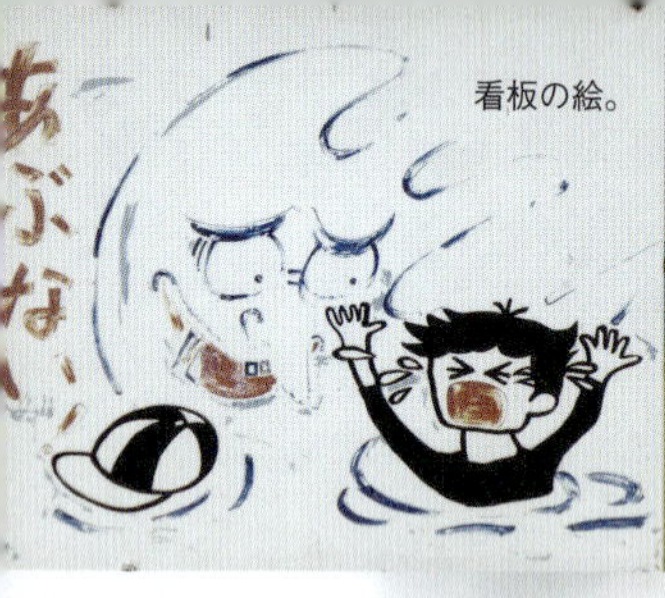

看板の絵。

人工砂浜。

曇っていた「夕やけなぎさ」。

みんなで歩きます。

貨物ターミナル。

ドクターイエロー見物。

美しき青き夕暮れ。

帰りの景色。

木曾駒ヶ岳

カールの袋が風船みたいにパンパン。

ソースかつ丼。

千畳敷カール。

ロープウェイで一気に
1000メートル上がる。

駒ヶ岳神社で登山の無事を祈る。

お花の咲く八丁坂を苦しく登る。

天狗の横顔のような天狗岩。

乗越浄土到着。

中岳の向こうに駒ヶ岳。

次に中岳。

駒ヶ岳山頂
ついた。

へたり気味のコマクサ。

バンザーイ。

お地蔵さん。

こっちでもバンザーイ。

高度2956メートルなので宇宙に近い濃い青。

千畳敷カール、下りの景色。

雪渓の上で。

味わいがある。

その上の階に奥の細道を歩いた時の旅の衣装の見本が飾ってあった。藁《わら》で編んだ草鞋《わらじ》をじっと見る。こんなので歩いたんだ……。足の裏も丈夫だったんだろうなあ。荷物も少ないなあと、いろいろなことを考えてしまった。

奥の細道を絵で描いた巻物みたいなのがあったのでちょっと見る。最後あたりのなんとかという浜の小さな貝殻と蛸壺が展示されていたけど、その蛸壺はなぜ展示されていたのだろう。びっしりとフジツボなどがくっついていた。

見終わって小さな庭の築山や池をくるんと一周して裏の出入り口から隅田川べりへ出る。

暑い。

コンクリートの高い塀の上に銀のシートを敷いて日焼けをしている人がいた。

「寝返り、打てないね」と言いながらその下を通り過ぎる。隅田川が大きくゆうゆうと流れ

ている。しばらく川沿いを進むと芭蕉記念館別館があり、屋上に芭蕉の像があった。ここから奥の細道へ旅立ったのだ。そこで記念写真。

遥か遠くを眺めやり悠久の思いに浸っていたわけではなく、私の目に留まったのは対岸の植木の丸い刈り込み。

近くの芭蕉稲荷神社で蛙に水をかけてから、清澄《きよすみ》公園を通って清澄庭園へ。入口がわからなくて塀伝いに四角の3辺を歩いてやっと見つける。

この庭園は、「江戸の豪商、紀伊国屋文左衛門の別荘地跡を三菱財閥の岩崎弥太郎が買い取り、隅田川の水を引き入れ、全国から奇岩名石を集めて配した」という名石の庭といわれている。

わあ、石だって。

石好きの私は喜んで飛び込んだけど、その奇岩名石というのはごつごつした、模様の入った、和風庭園によくある石で私の好みの石ではなかったので、すぐに気も落ち着く。

大きな池が真ん中にあって、その周りを歩いて回るようになっている。池に向かってところどころにベンチがあり、木陰のすずしそうなところにすわってしばし休憩する。

池には大きな大きな鯉と亀がいる。餌付けされているので近づくと餌をもらおうと寄って来る。鴨や鳩もゆったりとしているようにみえる。

全国の石の
産地から集めた

名石の
数々…

和風
だった

鴨

鯉

ベンチに座って、昔ってどんな感じだったんだろう……と話す。

今、ここから見える景色は、目の前の大きな池とそれをふちどる深緑の木々。木の向こうにはビルがいくつか。あのビルはなく、低い建物が広がっていたのだろう。

「……昔の景色を見てみたいね」

「そうですね」

しばらくぼんやり昔を思う。

「今は、何年だったっけ。１９００……、あ、２０００か」

「21世紀に行きましょう」

「ふふ」

見上げると小さな木の実がたくさんなっていて、その実を支える枝が鮮やかな赤色だった。

「この色、すごいね。赤いサンゴみたい」


「磯渡り」という飛び石を渡ったりしながら一周する。

時間を見ると1時。お腹がすいたので「深川丼」を食べに「深川宿」へ。

おいしいところは他にもあるのだろうけど、まずは観光客としてここへ。深川丼と炊き込みご飯のセットを注文する。小さなお店で、話をするとまわりに聞こえるので静かに食べる。

深川丼は甘めのお味噌汁をご飯にかけたもの。主にそっちを食べて炊き込みご飯はお持ち帰りにする。デザートにくずきりがついてきた。

出て、ホッとする。

それからすぐ前の「深川江戸資料館」へ。中に入るとロビーに相撲の大鵬《たいほう》の展示品があり、まわしとかトロフィーなどをぼんやり見る。

常設展示室に入ったらそこはうす暗い大空間。江戸時代末の深川佐賀町の町並みを実物大で再現、だって。うす暗い中にまず八百屋。野菜の見本がいろいろと並んでいる。なんともかわいらしいというか。次に米屋。それにしてもほかに誰も人がいない。怖いほどの暗さだ。

どこからか三味線の音色が聞こえてきた。

お堀ぞいに船宿があって、靴を脱いで中にあがれるようになっている。狭い部屋の中はとても暗く不思議な気持ちになる。

三味線の音がやんだら拍手の音が。

うん？　どうやら生演奏をしているみたい。あわてて見に行く。

火《ひ》の見櫓《みやぐら》の前の広場で男女が演奏し、お客さんが座って聞いている。それは江戸庶民の語り物「新内流し」というものだった。切々たる哀調を特徴とし、心中物が多く、唄も三味線も泣くような語り弾き。たしかに切々としている。

終わって、しんみりとしたところで見学の続き。

奥の展示室ではまた大鵬の展示が。実物大の大鵬パネルと写真を撮る。好きっていうんじゃないけど。最後に、夕暮れの青をバックにお堀端で記念写真。

実物大の町並みに満足して、そこを出る。

ふたたび暑い陽射しが！

その中を門前仲町の富岡八幡宮を目指す。細い道を歩いていたらアパートの1階の洗濯物が黄緑づくしだった。よっぽど黄緑色のものが好きなんだろうと思う。またこの陽射しだとよく乾きそう。

富岡八幡宮に到着。ここはなんとも思わなかった。とにかく私は暑いし喉が渇いていて、かき氷を食べたい。「かき氷、かき氷」とさかんにつぶやく。富岡八幡宮の中のお店にもかき氷の旗が立っている。「ここでもいいよ」と言ったら、スーくんが調べてくれてよさそうなお店が「2軒あります」と言う。それを見て、ひとつのところを目指す。その前に深川不動堂があった。かき氷を食べたらもう引きかえさないだろうから先に見ていくことにする。

参道の両脇に店が並びにぎわっている。カルメ焼の屋台もあった。おじさんがお玉を前に休んでいる。あのお玉で作ってるんだ。私はカルメ焼のお話を書いたこともあり、気が惹かれる。

深川不動堂は好きだった。抜けがよく、空が広い。カーッと照りつける太陽の下、すがすがしさを感じた。また、ここの手水舎は近代的だった。龍じゃなくて噴水式でひんやりと涼しげ。

大きな草鞋に小さな草鞋がたくさん結びつけられていて所願成就と書いてある。

またカルメ焼の屋台の前を通ったら、女の子にお父さんがひとつ買ってあげていた。それから少し離れたところにしゃがみこんで、「これはね、作ってるとこを見せてあげたかったんだけど、あのお玉におさとうを入れて、グツグツしたら……」とやけに熱心に女の子に説明しているけど、女の子は他のところを向いて退屈そうにしていた。

歩いていたら「季節到来！　獺祭《だっさい》の酒粕と甘酒。お土産もあります。」というカフェの立て看板が目の前に飛び込んできた。

スーくんは甘酒が好きみたいで、「僕、買います」と言うので、それなら私も！　と中に入る。「甘酒のお土産ふたつ」と頼んで座って待つ。待ってるあいだにテーブルのメニューをぼんやり見ていたら、「愛玉子《オーギョーチー》」500円。いい材料で丁寧に作っていてレモンシロップのレモンもなんだか自然ないいものらしい。見ているうちに味見したくなって、ひとつ注文する。来た。するっ、ぷるん、サッパリ、してた。甘酒はペットボトルにいっぱい入って1000円とちょっと多くて重かったけど、それを持って、ついにかき氷へ！

ぐらい。

もう私は喉が渇いて渇いて、今のオーギョーチーのところで出てきたお水も一気のみした

「どこ？　どこ？」と聞きながら、「すぐそこですよ」という声に支えられて急ぐ。

あった！「いり江」ってとこ。

時間は4時だけど、老舗の人気店らしく賑わっている。大きな6人掛けのテーブルに相席。

私はシンプルに氷ミルク。スーくんは抹茶白玉ミルクを注文した。お隣の常連さん二人連れは、クリームあんみつを食べたあとにところてんを食べている。

来ました！　氷の感じは普通だったけど私は満足。時々こめかみが痛くなった。

スーくんが別添えの白玉（うすべったいの4個）を「食べていいですよ」と言ってくれた時、「ううん。いい」と断ったけど、今思えばひとつもらっとけばよかった……。あとで知ったけど豆かんもおいしいのだそう。黒豆の炊き方がやわらかいんだとか。また行きたい。

やっと落ち着いた私は気分よく次の目的地、佃をめざす。そこから佃までは1・5キロぐらい。清澄通りをトコトコ。相生橋《あいおい》を渡って右折。

佃堀にかかる佃小橋。そこからの景色は高層ビルを背景に過去と現代の合成写真みたいで印象的。住吉神社、佃公園、佃煮屋さんをのぞいて、月島へと向かう。

月島はもんじゃ焼きの町。もんじゃ焼きって一度食べたことがあるけどおやつみたいだと思った。味が甘辛くて濃くて。

細い路地を選んで歩いていたら、一匹の猫が「にゃ〜」と鳴きながらやってきたので「うん？」と思ったら私たちの後ろに自転車に乗ったおじさんが止まってて、どうやら顔見知りみたいで何か話してたふう。

土曜日なのに静かで人がいない。ひとっこ一人いないなあと思っていたらその路地の向こうに人だかりがしている。近づいていったら、なんとお祭りで屋台がたくさん。人もいっぱい。浴衣《ゆかた》着た子どももいっぱい。

月島仲見世通り商店街のお祭りだった。へーと思いながら人波の中をきょろきょろしながら進む。射的、イカ焼き、スーパーボールすくい。

もんじゃ焼きのお店がたくさん。すごい数。で、その中に人が並んでるお店があった。居酒屋みたい。「岸田屋」。あとで調べたら有名な居酒屋。もつ煮がおいしいのだそう。昭和の雰囲気で。

　実は私たちはここ月島商店街にある「月島温泉」へと向かっている。あまりの暑さでね。さっぱりしようと。

　それはビルの中にあった。ビルの2階の突き当たり。こんなところに？

　小さなロビーには人がいっぱい。混んでるのかな。受付のおばあちゃんに「混んでますか？」と聞いたら、ロビーで休んでる人たちに「そろそろ帰って」なんて言ってる。

　今、5時ちょっと過ぎだから6時にここね。

　中はそんなに混んでなかった。思ったよりも広く感じる。ああ、いい気持ち〜。

　暑い中、汗びっしょりになって歩いて、最後に銭湯っていいかも！

　薬湯（今日は陳皮《ちんぴ》湯）にも入り、さっぱりとして、出て、ロビーでラムネを飲む。

外に出ると暑さも和らいでいて吹く風にもさわやかさが混じっていた。

これからだんだん暮れていく夕方なので、お祭りに子どもや家族連れがぞくぞくと集まってくる。その人たちとすれ違うようにして私たちは勝鬨《かちどき》橋へ。そこでゴールにしよう。

勝鬨橋のたもとに着いたら、夕日がビルのあいだに落ちて行こうとするとこ。

バンザーイと記念写真。

でも風も気持ちよく、まだ歩けそうだったので、勝どき駅を通り越してしまって引き返しながら、このまままっすぐ勝鬨橋を渡って築地駅まで行くことにした。

今日は歩きながらスーくんといろいろ話していたんだけど、夕日に照らされたスーくんは、丸い顔にえくぼ、やさしい瞳が何かを連想させる……、なんだろう。

小動物。うさぎか……。うさぎのスーくんだ！　と私は心で思う。

すると、スーくんがゴソゴソと何かを取り出して私に手渡した。どこだかで買ったという小さな張り子の起き上がりこぼし。

その顔を見た時に、一太にそっくりで、私にあげたいと思ったのだそう。

ありがとうと言って、いただく。

スーくんはミッドタウンの朗読会に一太Tシャツを着てきたり、たまに職場にも着て行ってるのだそう。

築地本願寺を通ったので、そこで本日の本当のゴールのバンザイ。

「左右の塔も入れてね～」

楽しかった。

「ぷらっぷらクラブに仮入部ね」

豊洲〜月島ぷらっぷら

なんとそれから5日後の17日、勢いづいた私は、またやごちゃんを誘って今度は豊洲からぷらっぷら。

今日も暑いです。

10時に豊洲駅を出発し、春海《はるみ》橋《ばし》わきの廃線になった鉄橋を見てからメモリアルドックへ。

造船ドック時代の大きな部品が外に展示されていた。

それからガスの科学館へ。炎の色を変えたり、昔ながらのガス灯を見たり、いろいろ体験したり実験したりできて、ガスのことがよくわかった。こういう勉強もおもしろい。


外へ出るとまた暑い。

日傘をさしながら580メートルの晴海大橋を渡る。

暑くて空き地ばかりで工事中の道をひたすら晴海客船ターミナルをめざして南下する。

途中の広場でなにかやってた。立て看板を見ると「とび技能検定実技試験場」と書いてあ

ガスの炎でえがかれたマスコットの顔

り、人々が足場を組んで何かやってる。こういうところで実技試験をしてるんだと興味深かった。

晴海客船ターミナルは「国内外の豪華客船が接岸する東京の海の玄関」とのことだが、今日は船はいなくて、中に入ったらベンチで昼寝する人が数人いるだけだった。広い建物に人が少ないとちょっと怖い。で、そこを出て、前にイベントをやったことのあるトリトンスクエアを横に見ながら、月島へ。

あまりに暑いのでかき氷を食べようとやごちゃんと氷の旗を探すけど、ない。どこにもない。隣の駅の門前仲町においしい氷屋さんがあったよと教えたら、電車に乗ってでもそこに行きたい！　と言うので電車に乗る。

そしてまたあの「いり江」へ。今日は氷ミルクのほかに豆かんも頼んだ。黒豆がたくさんで、確かにやわらかかった。

やっと涼しくなり、落ち着いたので歩いて佃へ。このあいだと同じ道だ。

佃で佃煮を買って、路地をぷらぷら歩いてまた温泉に入ってから、あの居酒屋「岸田屋」へ向かう。5時オープンなので5時少し前に着いたらもう人が20名ほど並んでいた。なので1回目には入れず、1時間ぐらい待った。でもおしゃべりしながら待っていたので退屈しなかった。

席が空いて中に入る。コの字形のカウンター。木でできてて、レトロな雰囲気。男性が多い。評判のもつ煮やポテトサラダ、ぬたを注文して、ビールや日本酒を飲んでたらどんどん酔っ払ってきて、もうあんまり細かいことは覚えてない……。

帰り、商店街の電飾がきれいでした。

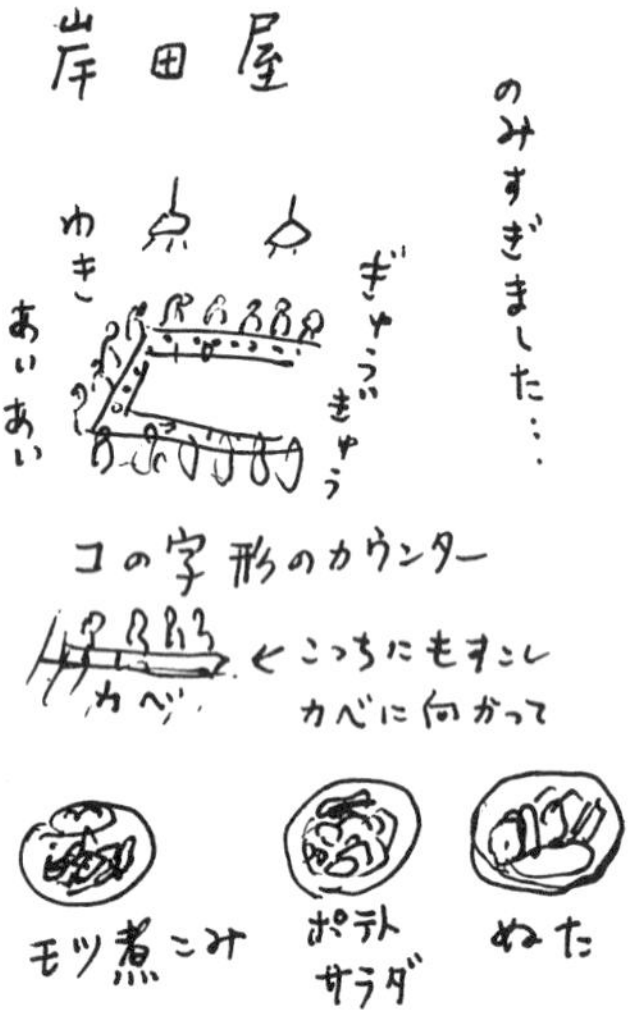

京浜運河ぷらっぷら

町歩きが好きになった私は、同じように町歩き好きな人たちはどんなお散歩をしているのかなあと思い始めた。それでプロのお散歩クラブみたいなものに一度参加して体験してみようと思い、ここはというのがあったのでお試しで参加してみた。

参加費2000円のところ、お試し価格500円。コースは、京浜運河周辺。平和島駅から平和島、大森、大井競馬場あたり。

7月下旬、午後4時に平和島駅で待ち合わせ。今にも雨が降りだしそうな蒸し暑い夏の夕方。降水確率50パーセントだったので傘を持ってきた。

集まったのは8名。年齢は30〜40代くらい。

主催者のKさんから資料をいただき、注意事項を聞いたあと、駅から出発。今日のお試し参加は2名。他は常連さんたち。みなさんお散歩好きなようで穏やかに黙々と歩いている。主催者のKさんも真面目で誠実そうなお人柄が好ましく、私も安心してゆっくりと歩きだす。

美原通りで旧東海道の碑を見てから「平和の森公園」の木々の中を通り抜け、「大森 海苔《のり》のふるさと館」へ。かつて大森周辺で盛んだった海苔づくりの伝統文化を伝える施設とのこと。最初に展望テラスに上がって目の前に広がる「ふるさとの浜辺公園」の景観を眺める。こんなところにこんな景色が広がっているなんて来てみないとわからないものだ。

それから施設内の海苔づくりに関する様々な展示資料を興味深く見る。この辺で海苔づくりが盛んだったのか……、こんなふうに作るんだ……とか、いろいろ思いながら、海の中に沈めて海苔を繁殖させる道具などをじっくり観察する。

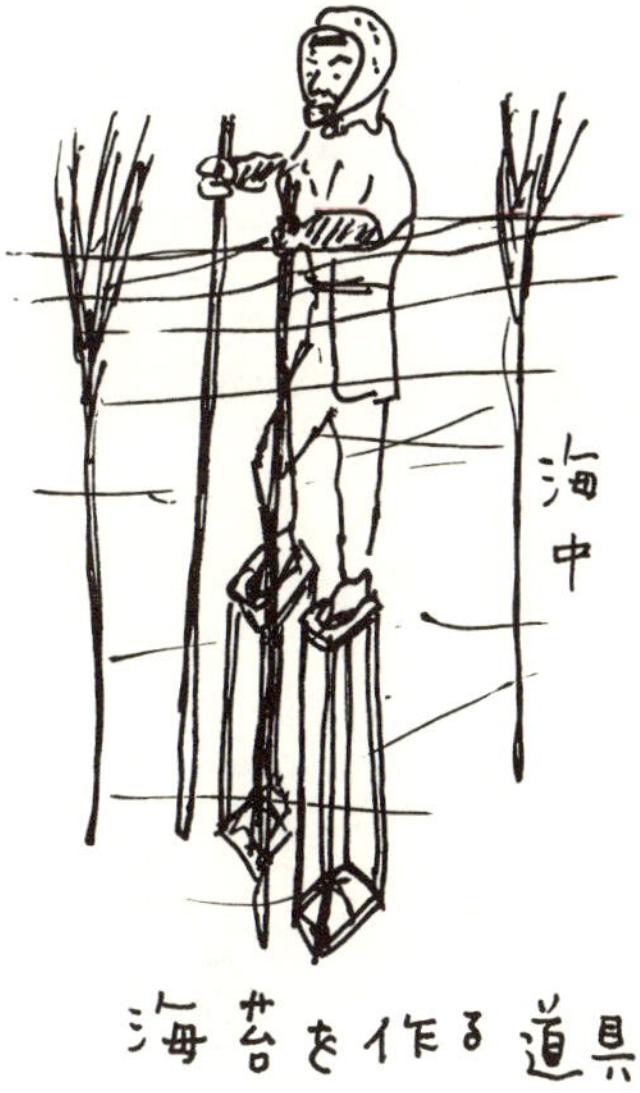

それから人工砂浜へ出てみなさんと記念写真。公園にはローラースライダーもあり、子どもの遊び場によさそうだった。ピンクや赤のコスモスがパラパラ咲き始めていた。コスモスは好き。

そこから、はとバス車庫や東京流通センターの前を通って平和島を横断する。大きな倉庫群の中、人は誰も歩いていない。

じっとりと暑い中、黙々と歩く。ときどき他の方々とぽつぽつおしゃべりする。常連だという女性の方にどういうところを今まで歩いたのかなどいろいろ質問して詳しく聞いた。

京浜運河に架かる大和大橋を渡ったあと、大井ふ頭中央海浜公園に入り再び水辺を散歩。木の中の遊歩道を歩いた時は、うす暗くて暑くて、他に人はいなくて、怖いほどだった。ほんのときたま、走ってる人がいたぐらい。

でも猫はよく見かけた。Ｋさんの話では「お散歩好きな人は猫好きな方が多く、猫がいるとみなさんうれしそうに写真を撮られる」とのこと。犬も撮りたいけど犬は飼い主と一緒だから撮れないですね……って言ってた。

大井ふ頭中央海浜公園の「夕やけなぎさ」というなぎさに出た。そこは夕焼けがきれいな場所らしい。今日は曇っていたけど。

正面をモノレールが通って行く。

「彫刻広場」という木に丸く囲まれた芝生の公園で小休止。だれかが楽器を練習してる。大きなボーッという音が出る吹くやつ。

うす暗く、蒸し暑く、蚊が多く、しかも雨がポツポツ降りだして、ついに傘を開いた。楽器の人も練習をやめて、自転車に乗って帰って行った。けど、雨はすぐにやんだ。よかった。

「しおじ磯」というところにはいくつか大きなオブジェがあり、みなさん写真を撮られてた。

今、6時10分。ここまでで2時間。

そして最後、大井中央陸橋へと歩みを進める。そこからは新幹線の車両基地が見学できるそう。

見ると幸運が訪れると噂になっているドクターイエローを見たいと話されていて、それは何だろうと聞いたら、新幹線電気軌道総合試験車、新幹線の検査車両。そしてたくさんの新幹線が止まっている向こうに、そのドクターイエローも見え、みなさん大興奮。私もつられて写真をたくさん撮る。

時は夕暮れ。だんだんと青く暮れていく、人影のない幻想的な湾岸地帯で、新幹線に興奮する9名は金網にへばりつき写真を撮りまくった。

左奥には東京貨物ターミナル駅も見え、照明がきれいだった。夕方から夜にかけての運河周辺は不思議な空気感。

帰りは京浜運河に架かる勝島橋を渡る。

透明な青。その静謐《せいひつ》な美しさ。まるでドナウの夕暮れ（見たことないけど）。

そして大井競馬場前で終点。7時20分。

そのあと希望者だけ居酒屋で親睦会があり、ビールで乾杯。お疲れさまでした。

ルートをお任せしてただ黙々と歩くというのは、安心してついていけばいいのでとても楽だった。たまにはこんな散歩もいいなと思った。

木曾駒ヶ岳ぷらっぷら

山登りなのでぷらっぷらという感じではないのですが、締めにひとつ、ピシッと行ってきます！

時は、2014年7月24日、木曜日。夏まっさかり。

各地でこの夏一番の気温を記録するこのごろ、朝9時30分、新宿駅西口高速バスターミナルで待ち合わせ。

メンバーは私と山好きガツさん。ふたりよ……。

でもこの日私には、とても大きな気がかりがあった。それは私の足の裏。

2年ぐらい前に足の裏に小さな平らなホクロができて、それがだんだん大きくなってきたので大事をとって切ることにした。で、3週間前に4針縫う手術をした（悪性じゃなかったわ）。

その抜糸が先週あり、そこまでは順調だったのに、そのあと長距離を歩いたりしたせいか、3日ほど前からその傷跡がズキズキと痛む。とても痛い。こんなに痛くなるってへん……と思いながら、今朝、集合場所に向かった。

ガツさんと会って、そのことを伝える。それでまあ様子を見ようと言いながら高速バスに乗り込む。普通のバスだった。

伊那バス駒ヶ根行き。ひとりがけシート。ひとりがけシートってどんなのだろう？　と思ってたら、ただふたつ並んでる座席に「ひとりがけシート」と書いてあるカバーがついていて、2席をひとりで使えるというのだった。ひとバスに2席あった。てっきり特別な仕様の何かだと思っていたのでちょっとがっかりしたけど、2席をひとりで使えるだけでもとてもいい。うれしい。荷物を隣の席に置いてぼーっとする。

途中、双葉サービスエリアで15分の休憩。

生すももジュースというのがあったのでそれを飲んでみたらおいしかった。本当にそのままだった。でも氷がたくさん入っていて量は少なかったので、もし次に機会があったら他のくだものの生ジュースと2種類頼みたいと思った。

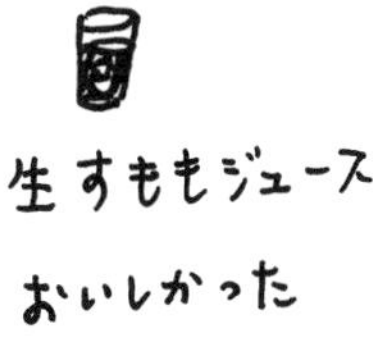

1時半ごろ、駒ヶ根バスターミナルに到着。そこに今日宿泊する「駒ヶ根高原リゾートリンクス」の方が送迎に来て下さった。

ホテルに着いたけどまだチェックインには早いので、荷物だけ預けてお昼ご飯を食べに行くことに。ソースかつ丼が名物らしいので近くの「明治亭」でそれを注文する。ごはん少なめで（50円引き）。

きた。カツも柔らかくおいしかった。

それからちょっと散策しましょうというので、近くの遊歩道を歩く。

手づくりの小物や鉢を売ってる露店があったのでぶらぶら見る。カエルの焼き物……。鉢にさす赤に白いてんてんのあるキノコの焼き物があって、それにとても心惹かれた。1個買おうかなと迷う。

店主のおじさんと少し話したのだけど、そのおじさんの顔を見てびっくり。かわいらしいのだ。かわいくて明るい。思わずかたわらのガッさんに小声で「かわいい」と伝えたほど。キノコの焼き物のことを聞いたら、「（そういうの）山に生えてるよ。毒があるけどね」って。

歩きながら、「さっきのキノコ、買ってもいい……」とつぶやく。２００円だったし。宮崎の家の庭に似合いそう。

川沿いの遊歩道を1時間ぐらい歩いたのだけど、私の足はどんどん痛くなってきた。ズキズキしてる。最後にはその痛い右足をひきずって歩いた。

「山野草園」という山の草花が咲く私の好きそうな園があったのに、じっくりと見ることもせずささっと通り過ぎてしまったほど。

痛い。とても痛い。

ガツさんが無言で心配そうにしている。

ホテルに帰って、しばらく部屋で休憩して大浴場へ。露天風呂は早太郎温泉をひいています、と書いてあった。

その温泉で、足の裏の傷が最高に痛くなり、歩くのも躊躇《ちゅうちょ》するほど。痛くて一歩を進むの

にもびくびくする。

ああ、これはダメだ。

6時過ぎにロビーで待ち合わせて夕食を食べに行く。近くに「味わい工房」という地ビールのお店があるというのでそこへ。平日だからか人は少ない。生ビールを頼んで、新鮮サラダとフィッシュ＆チップスと野沢菜とじゃこのペペロンチーノを注文する。そのサラダとフィッシュ＆チップスがすごくおいしかった。ポテトチップスはじゃがいもを中薄切りにして揚げてあって、揚げたてそのもの。

このお店はおいしい、と思った。

フィッシュ＆チップス
ポテト
フィッシュ
カラリとあがってて
味つけもおいしかった

夜。

もう一度お風呂に入り、部屋で足の裏の傷を見る。痛い。すごく痛い。足の裏に富士山が逆さに張りついてるみたい。それとか、フジツボ。歩くたびに痛さが刺さる。

氷をもって来て、ひやす。面倒になって2個分ひやしてやめたけど。血が巡るのにあわせてズッキンズッキンする。

ひゃー。

こんな痛みをかかえて山登りはしたくない。この痛みは縫った皮膚が開いて、よくわからないけどとてもいけない状態になってるのかもしれないと恐怖を覚える。怖い。

明日このまま変わらなかったら、登山はしないでロープウェイ乗り場で待っていようと思う。ガツさんもそう言ってくれた。

そして次の日。

朝5時半に目覚め、6時に大浴場へ向かう。内湯は沸かし湯、露天風呂は温泉ということなので、露天風呂に直行する。ガラス窓を開けて外の空気を呼び入れる。

ああ……。気持ちいい。素晴らしいさわやかさだ。

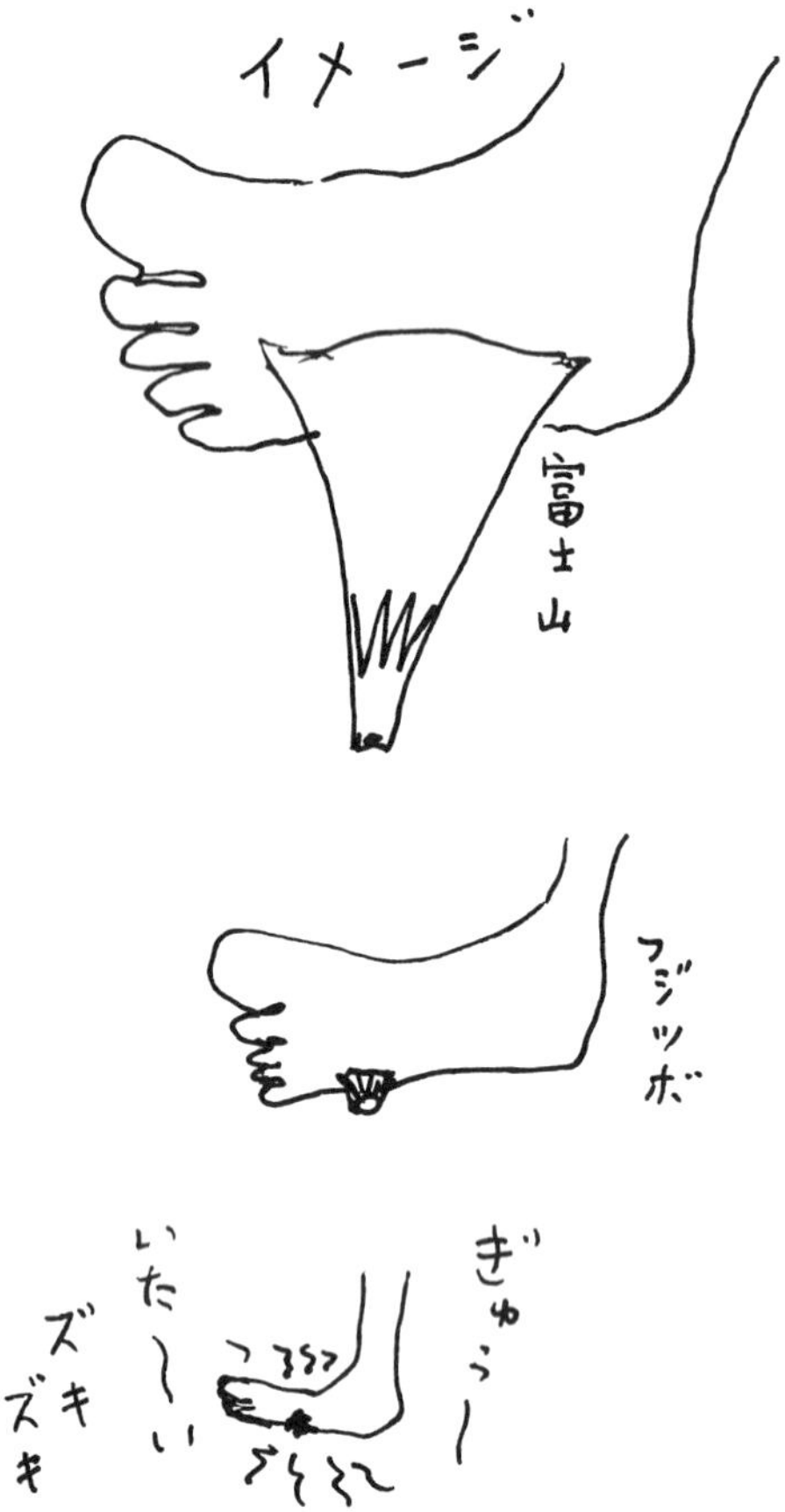
イメージ
富士山
フジツボ
ぎゅう〜
いた〜い
ズキズキ

他にお客さんがふたり来られて、ちょっと話す。

それから出て、部屋に帰って傷の手当てをする。防水テープを剥《は》がしてみると、傷の奥が黄色く膿んで盛り上がってる。

そうか、化膿して膿んでるんだ！

それを見た私は、縫った傷口が開いて大変なことになったのではなく（あとで見たら開いていたけど）、ただ化膿して膿んでるんだ。だったらこの痛みは膿んだ痛みだからそれほど怖くないと思い、痛くても怖くないから登山をすることにした。


朝食を食べながらそのことをガツさんに話す。

ここの朝食、とてもおいしかった。きれいに並べられていて清潔感があり、味もおいしかった。小さなパンケーキと紅茶もいただいて、もっと食べたいと心残りながらチェックアウトする。

ガッチリとした登山靴を履くとその硬さに痛みもあいまいになった。

ホテル前から、7時11分発のしらび平行きバスに乗る。

30分ほどバスに乗って。ロープウェイ駅「しらび平」に到着。人が並んでいる。これは次のに乗れないかも。売店を見ると、カールの袋が気圧の低さでパンパンに膨らんでる。ここは高度1662メートル。ここでもうこんななんだ。

人が多いので8時ごろに臨時便が出た。よかった。それほど混んでなく、ゆったりと上れる。

途中、お姉さんのアナウンスを聞きながら、高度1000メートルを一気に7分半で上る。耳が痛くなった。

到着したのは千畳敷駅。高度2612メートル。

ロープウェイでお手軽に来られる3000メートル級の山、ということで人で賑わっていた。

そして目の前に広がるのが千畳敷カール。今までの下調べ中に写真で何度も見た場所だ。が、思ったより狭く傾斜もきつい。そしてなにより、お花畑って言われてたけど緑一色。すずらん自生地を思いだす。

高山植物は小さいから遠くから見ても目立たない……。

でも雲ひとつない快晴。

すぐそこの駒ヶ岳神社で登山の無事を祈る。

そして8時30分、登山開始。

千畳敷カールの遊歩道を歩いていると、ところどころにお花が咲いていた。これなんだね。お花畑って。

雪渓。きれいな黄緑色の苔。ときどき写真を撮りながら進む。

20分ほど行った八丁坂分岐点で登山者は八丁坂へと進路を取る。

八丁坂。

見上げるとすごい急こう配。そこに人々がへばりつくように列になって進んでいる。

こんなところを登るのか……。

もう帰って来る人もいて、挨拶を交わしながら登る。

あまりにも息が切れる時は挨拶はしない。かわりに「ハー、ハー」とか「よいしょ、よいしょ」と言ってると苦しいのが伝わるので挨拶をしなくても大丈夫。

9時半。1時間後、やっと上にたどり着く。

ここは乗越浄土《のっこしじょうど》といわれているところ。

うれしい。遠くに富士山の頂上みたいなのが見える。あれは果たして富士山なのだろうか。

頂上付近しか見えないけどその端正なたたずまいがとても似ている。

ぐるりと見渡しても雲ひとつない青空。

見晴らしいい。天国みたいだ。

ヤッホー。

じゃない。まだここから先がある。

左手に天狗の横顔のような天狗岩を見ながら中岳へ。中岳は2925メートル。

やっとたどり着いたと思ったらいったん下って、また登る。

ああ。

でも途中の岩場で高山植物の女王、へたり気味のコマクサを発見（駒ヶ根営林署や個人が植えたものらしいが）。ちょっとうれしい。

そして10時25分、ついに木曾駒ヶ岳山頂に到着。

わーい。ヤッター！

見上げる天空は群青色のような濃い青。高度2956メートルで宇宙に近いから。

神社やお地蔵さんをひととおりお参りする。

土産物売り場があってびっくり。小さな小屋に水と記念の品がわずかに並んでいておじさんが座っていた。

20分ほどそこにいて下り始める。

中岳に登る窪地で振り返って駒ヶ岳をせつなそうに見上げるガッさん。名残惜しそう。

途中の宝剣山荘でお昼にする。私は豚汁。

そこからゆっくり下りて、雪渓やお花畑、剣ヶ《けんが》池《いけ》を通って「ホテル千畳敷」へ向かう。

途中すれ違ったご夫婦は、昨日も来たのだけど曇っていて見えなかったので今日再チャレンジ。旦那さんがホテルで靴を盗られて、しかたなく代わりの靴を買って散々だったって。

別れ際、「グチ聞いてもらってありがとう」と言われ、その言葉に気持ちが明るくなる。

「ホテル千畳敷」の売店で生ビール。

テラスで飲んでいたら、おじさんが「おいしい？」と聞いてきた。

ボランティアで説明をしてくれる方だった。そして「今日は今年いちばんの天気！」と言う。上から見えたのはやっぱり富士山だった。

「プリンみたいに見えたでしょ」

そうそう。上の方だけだからそんな感じだった。

それから、測り直されて山の高さが変わったんだよねとノートを見せてくれた。

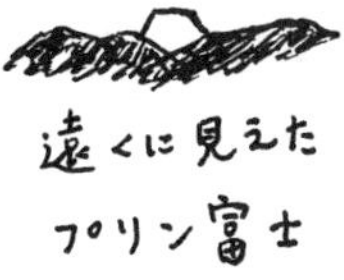

ロープウェイとバスを乗り継ぎ、駒ヶ根高原の日帰り温泉「こまくさの湯」で極楽気分。

そこで足の裏をよく見てみた。奥が化膿している。

脱衣所で、傷をよく乾かそうとタオルを当てたら水がしみ込んでいく。何度当てても水が出てくる。

それから近くの土産物売り場で野沢菜やくんせい玉子のお土産を買う。

ベンチに座ってコーヒー牛乳とゆでトウモロコシを食べる。

高速バスに乗って、またひとりがけシートで帰る。途中のサービスエリアの休憩所で気づいたけど、足が痛くない。さっきの水みたいなのは膿だったのかも。

痛くないってうれしい。

8時50分に新宿駅前に到着し、無事帰宅。

あの空の青さが忘れられない。

宇宙に近い青さだった。

バンザーイ……

ぷらっぷらある記《き》

銀色夏生《ぎんいろなつを》

平成26年12月5日　初版発行

発行人――石原正康
編集人――永島賞二
発行所――株式会社幻冬舎
〒151-0051東京都渋谷区千駄ヶ谷4-9-7
電話　03(5411)6222(営業)
　　　03(5411)6211(編集)
　　　振替00120-8-767643
印刷・製本―図書印刷株式会社
装丁者――高橋雅之

検印廃止

幻冬舎文庫

ISBN978-4-344-42275-9　C0195　き-3-19

幻冬舎ホームページアドレス　http://www.gentosha.co.jp/
この本に関するご意見・ご感想をメールでお寄せいただく場合は、
comment@gentosha.co.jpまで。